天使の爪痕

高岡ミズミ

JN283012

幻冬舎ルチル文庫

C O N T E N T S　✦目次✦

天使の爪痕

✦カバーデザイン＝渡邊淳子
✦ブックデザイン＝まるか工房

イラスト・奈良千春✦

天使の爪痕

どこにいるのだろうか。いま頃なにをしているのだろうかと想像する。だが、思い描くことは難しい。

「俺は見直したけどな。むしろ格好いいだろ」

隣で肩をすくめる彼の言葉にしばし考え、そうだなと答えた。

車窓から秋空を仰ぐ。染み入るほどの青さと流れる雲に目を細め、胸の中でひっそりと別れの言葉を告た。

1

どれほど遠くからでも、その姿を見つけられる。

スーツの後ろ姿に足を止めた瀬ノ尾《せのお》は、一度深呼吸をしてから長い桐の廊下を踏み、歩み寄った。

「桐嶋《きりしま》」

声をかけると桐嶋は振り向き、十センチ近く高い位置からその三白眼《さんぱくがん》ぎみの双眸《そうぼう》を瀬ノ尾に向ける。

他人の顔を正面から凝視するのは昔からの桐嶋の癖だ。睨《にら》みつけていると何度か勘違いされたというが、それも仕方がない。

精悍《せいかん》というには酷薄そうに見える面差《おもざ》しは、持ち主の感情を映さない。桐嶋の場合はおそらく自身の性格のためというよりは、子どもの頃からの経験で自《おの》ずとそうならざるを得なかったのだろう。

切れあがった眦《まなじり》はきつい印象を与え、細い鼻梁《びりょう》と上下同じ厚みの一文字の唇が彼の意志の強さを物語っている。

百八十を超える長身で着こなすスーツがオーダーメードなのはもとより唯一の装飾品であ

る腕時計も高級品なのだが、少しの違和感もなく馴染《なじ》み、かつ気障《きざ》な感じがしない。

それは多分に桐嶋の雰囲気のためだ。

踏んできた場数のせいなのか、特異な家庭環境のせいなのか、桐嶋は三十という年齢以上に老成して見える。

高校の同級生でありながら、瀬ノ尾がどこか憧憬《しょうけい》に似た気持ちを抱いてしまうのはそのせいだった。

童顔というほどではないが、面差しの印象が甘い自身と比べればよほど桐嶋のほうがやくざの息子という肩書きには相応《ふさわ》しい。いや、外見だけならよかった。

瀬ノ尾は、自分の甘さはむしろ中身のほうが問題だというのを誰よりわかっていた。

三十年も生きてきて、いまだやくざの家に生まれてきたことを嘆く気持ちが捨てられない。

「嵯峨野《さがの》に会いにきたのか？」

ああ、と桐嶋は軽く顎《あご》を引く。

「先日の弟の件で礼を言いにきた。おまえのマンションにもこれから行こうと思っていたところだが——実家に戻っていたんだな」

低く、落ち着いた声。

桐嶋の声は、耳に心地いい。

「親父が体調崩して、戻ってこいって煩《うるさ》くて」

瀬ノ尾は吐息を噛《か》み殺し睫《まつ》毛《げ》を瞬《しばた》かせて、「弟の件」について思い出す。

先日のこと。桐嶋の弟は、創建《そうけん》の件でやくざ絡みのトラブルに巻き込まれた。

創建の悪事を暴こうとした桐嶋の義父《ちち》は、一年前、社長である加治《かじ》に一服盛られたあげく交通事故で亡くなった。

加治への復讐《ふくしゅう》心で凝《こ》り固まった桐嶋の弟が無謀な行動に出たとき、桐嶋は瀬ノ尾を訪ねてきた。

助けてほしいと頭を下げられ、瀬ノ尾に断る理由はない。桐嶋の手助けができるなら多少の犠牲も厭《いと》わない覚悟だった。

若頭《わかがしら》である嵯峨野に頼み、組員を送り込んだ。その際、瀬ノ尾も同行するつもりだったのだが、嵯峨野が協力する代わりに自宅での待機を条件にあげたため待つしかなかった。

——相手は手負いの獣同然。なにをしてくるかわからないので、坊《ぼん》は残ってください。

組長のひとり息子とはいえ、盃《さかずき》を交わしていない身なので立場はわきまえなければならない。嵯峨野の出した条件に、瀬ノ尾は逆らえなかった。

もっとも、桐嶋の弟が救えるのならば喜んで嵯峨野に従う。桐嶋の頼みを叶《かな》えることが、瀬ノ尾には一番重要なのだ。

「親父さん、悪いのか？」

「まさか。風邪をこじらせたって言ってるけど、それも本当かどうか」

見舞いを理由に渋々帰省してみると、確かに父親は床に伏せていたのだが、普段と同じく饒舌《じょうぜつ》だった。

何度もそうしてきたように瀬ノ尾の近況を聞き、今後どうするつもりなのか問い質《ただ》した。返答を濁すと、いつまでもはっきりしないと忠告してきたのもいつもどおりだ。

しかも、傍《そば》には若い女性が付き添っていた。三十前後であろう彼女は、家政婦には見えなかった。

瀬ノ尾の母は、瀬ノ尾が十歳のときに他界している。父は再婚こそしなかったが、これまで複数女性がいた。

相変わらずそちらも盛んのようだし食欲も旺盛《おうせい》なので、いたって健康のようだ。

だが、父親を瀬ノ尾は責められない。

父親の持論を信じるならば、男の品性や価値は顔に出るらしい。顔を見れば、使える男かそうではないかわかるという。

どう見ても瀬ノ尾はそれほどの顔はしていない。平凡で、どこにでもいるような男だ。取り立てて目鼻立ちが整っているわけでもなく、かといって威厳のある造作《ぞうさく》でもなく。

桐嶋のような容姿だったなら、瀬ノ尾の人生も少しはちがったのだろうか。いまみたいな中ぶらりな状態には陥《おちい》らなかっただろうか。

「――――」

そこまで考えて、馬鹿馬鹿しさに気づき自嘲《じちょう》する。いまさらなにを夢見ているのか。やくざにはなりたくない。でも瀬ノ尾の家とは縁を切らない。そう決めたのは、瀬ノ尾自身だった。

「知則《とものり》くん、無事でよかったな」

瀬ノ尾がそう言うと、桐嶋は微《かす》かに笑みを見せた。

桐嶋が弟を大事に思っているのは、瀬ノ尾も知っている。家族に恵まれなかった桐嶋にとって、弟の知則は家族であり、唯一信頼できる人間なのだ。

「ああ。おまえが嵯峨野さんに頼んでくれたおかげで、知則を無事に救えた」

「そんな。俺はただ、おまえの役に立てればいいと思って」

「感謝してる」

重ねての礼に、くすぐったい気持ちになる。

「——役に立てたんならよかった。桐嶋が俺になにか言ってくることなんて、ないだろ？」

照れ隠しに口早に並べながら、苦笑する。思えば桐嶋には助けられる一方で、みっともないところばかりを見られてきた。

高校時代のみならず、再会してから今日まで現在進行形で。

桐嶋が助けてほしいと頭を下げてきたとき、心配する以上に嬉《うれ》しかったと白状すれば桐嶋はきっと呆《あき》れるにちがいない。

「どうだ。最近仕事は忙しいのか」

「ん。ぼちぼち、かな」

瀬ノ尾の仕事は建設会社の営業だ。

やくざの息子のくせに一般的な職業についてうまくやっていけるのか。どうせまともに働いていないのだろう。口さがない昔の知人が陰口を言っているのは瀬ノ尾の耳にも届いている。

彼らの中傷は半分当たっているが、残り半分は的外れだった。

瀬ノ尾は案外円滑にサラリーマン生活を送っている。普通に出勤して普通に仕事をしているのだ。だが、「まとも」かといえば、そうだとは胸を張って答えられない。

なぜなら、瀬ノ尾の勤務している三田村《みたむら》建設は、父親の口利きで入った会社だからだ。

大学卒業時、内定を受けていた証券会社から突然不採用通知が送られてきた。電話で理由を尋ねたが、先方は口を濁しはっきり説明してくれなかった。

その後も数社を受けたものの悉《ことごと》く失敗し、どうすればいいのか途方に暮れていた矢先、いまの建設会社が拾ってくれたという経緯だ。

けっして大きな会社ではないが、瀬ノ尾は喜んだ。これでちゃんとした社会人になれると期待もしていた。

だが、初出勤したその日に、なぜ瀬ノ尾を採用してくれたのか現実を突きつけられる結果になったのだ。

事務所の社長と父親は、古い友人だった。

入社できたのは、父親の口利きだ。おかげで薄々感じていたことを痛感するはめにもなった。

まっとうな企業は瀬ノ尾など採用しない。やくざの息子なんかとかかわれば、企業イメージが悪くなると危惧《きぐ》するのは当然だった。

ショックで荒れた。

毎夜記憶を失《な》くすまで酒を飲み、酒の匂《にお》いをぷんぷんさせて出勤した。どうせクビにはならないからと自棄《やけ》になっていた。

それでも退職しなかったのは、桐嶋のおかげといっていい。

泥酔して路地裏で座り込んでいたとき、ふと、高校時代を思い出した。

桐嶋の存在。桐嶋の言葉。

頭を使え——桐嶋に言われたことを思い出し、瀬ノ尾は踏みとどまった。

卒業して何年もたつというのに、いつまでも過去の思い出にしがみつくなんて滑稽で愚かだと、自分でもちゃんとわかっている。一方で、たとえ無駄な行為だろうと、瀬ノ尾には必要なのも事実だった。

もしあのとき勢いで辞めていたら瀬ノ尾は独り暮らしなどとてもできず、いまだずっと実家の世話になっていただろう。父親のあとを継ぐほどの度胸も人望もなく、漫然と日々を送っていたはずだ。

いま現在も独立したとはいいがたいが、それでも、自分の稼いだ金で生きていけるだけの人間にはなれた。

「じつは、店を改装しようと思ってる。忙しいところ申し訳ないが、時間のあるときにでも相談にのってくれ」

なにより、仕事を介して桐嶋と繋がっていられるというメリットも瀬ノ尾にはあった。

桐嶋の店のほとんどは、三田村建設で手がけたものだ。

「どの店？」

「彩花《さいか》だ」

「彩花？　でも、あそこは確か――」

一年前に、完全に隔離された個室をつくったばかりだ。その際、他にも手を入れている。

一年余りでまた改装するなど、なにかあったのか。

口には出さなかった疑問を察し、桐嶋が苦笑いとともに答える。

「あの個室は、お役御免になりそうだ」

弟のための個室だということは、瀬ノ尾も聞いている。それを知ったとき、桐嶋の弟を羨《うらや》ましく思った。

「お役御免、って？」

「そのままの意味だ。必要なくなったらしい」

「他に見つけたってこと？」

桐嶋は多くを教えてくれなかったが、たぶん弟はあの個室で浴びるほど飲み、ときには泣いたのだろう。泣くための部屋を桐嶋が与えたのだ。

桐嶋に支えられて個室から出てくる彼に遭遇したことが、一度だけあった。義父を亡くし深い悲しみに囚《とら》われ、我を失くしていた。

「まあ、そんなところだ」

桐嶋の眉宇《びう》が寄る。あまり触れられたくない話題のようだ。

「近いうちに寄るよ。店がいい？　それともマンションに行こうか？」

瀬ノ尾も追及せずに流した。桐嶋にとって弟が特別なのはいまさらだ。

「どちらでも。来る前に連絡してくれ」

「わかった」

桐嶋の手が肩にのった。

「忙しくても食事は抜くなよ。おまえ、痩《や》せたぞ」

瀬ノ尾は目を伏せ、小さな返事を足元にこぼした。

ずっと客商売をやってきたせいか、桐嶋は些細《ささい》な変化を敏感に察する。誰に対しても同じだとわかってはいても、瀬ノ尾の体重が落ちたことに気づいてくれたのが嬉しい。

「じゃあ、近いうちにまた」

桐嶋が帰っていく。廊下を、玄関に向かって歩く背中が角を折れて見えなくなってからもその場で見送っていた。

桐嶋が踏んだ廊下。桐嶋が玄関の戸を開ける音。それから、車のエンジン音。

微かに残った整髪料の匂いをくんと嗅ぐ。

すっかり気配が消えるまで留《とど》まり、ひとつ息をついてから瀬ノ尾も足を踏み出した。

松や楓《かえで》、玄武岩《げんぶがん》の並んだ純和風の中庭をぼんやりと眺めながら、玄関へと向かう。脳裏では、過去の出来事を思い浮かべて。

もう十五年前になる。

やくざの息子であるがために、子どもの頃から教師や生徒たちからほとんど空気のような扱いを受けてきた。触らぬ神に祟《たた》りなしとは、まさに瀬ノ尾のような状況を表すのに使う言葉だった。

無視をされるわけではないが、誰も本気で瀬ノ尾の言うことを聞く人間も、瀬ノ尾のことを考えてくれる相手もいなかった。

瀬ノ尾に逆らったら仕返しされると、本気で怖がっていたクラスメートもいたと聞く。

けれど、桐嶋に出会った。

高校一年のときに同じクラスになったのが始まりだ。瀬ノ尾にとっては、転機と言い換えてもいいかもしれない。

いまでもはっきり憶《おぼ》えている。忘れられない記憶だ。

桐嶋東吾《とうご》。

そのときから特別な名前になった。誰にも言えない、当人にも言えない十五の恋心を、瀬ノ尾はずっと引きずっていた。

2

開錠し、玄関のドアを開ける。自分のものではないスニーカーの横に革靴を並べ、瀬ノ尾は重い足取りでリビングに向かった。

大学入学時からずっと住んでいるマンションだ。就職を機に引っ越しをしようとしたものの、結局まだこの部屋にいる。

会社からも近いので、特に引き払う理由もなかった。

「あ、おかえり」

リビングに入っていくと、ソファから茶髪がひょいと覗《のぞ》いた。横になってテレビを見ていた允也《みちや》は、瀬ノ尾の顔を見ると満面の笑みで迎えてくれる。

「どうだった？　親父さん」

「たいしたことない。元気だったよ」

ネクタイを緩め、首を左右に傾ける。実家は瀬ノ尾にとってくつろげる場所ではないので、短い滞在でも肩が凝《こ》る。

しかも今日は特別だった。期せずして桐嶋と顔を合わせて、瀬ノ尾の心はいまだ数時間前にあり、ざわついていた。

「親父さんは心配しているんだろ。聡明《としあき》のこと」

冷蔵庫からミネラルウォーターのペットボトルを出し、直接口をつける。喉《のど》を通っていく冷たい液体に、ようやく人心地ついた。

「三十にもなった男を？」

「年なんて関係ないんじゃない？　俺が親だったら、こんな可愛い息子をひとりにしておくのは心配だし」

上着の釦《ぼたん》を外しながら、噴き出す。

允也はぷっと頰《ほお》を膨らませた。

六つ年下の允也は、いまどきの若者という風貌《ふうぼう》だ。脱色された髪は肩に届くほど長い。細めに整えられた眉《まゆ》、少し垂れ気味の目。百七十五センチの瀬ノ尾よりも数センチ背は高く、街でモデルをやらないかとスカウトされたこともあるという。

真剣につき合ったのは瀬ノ尾が初めてで、今後も瀬ノ尾だけでいいと言ってくれる物好きな男だ。

「なんだよ。笑うことないだろ。俺は本気で言ってるんだから」

「わかってる。おまえくらいだよ。俺を可愛いなんて言うのは」

「そんなことないって。聡明は可愛くて綺麗。俺、一目惚《ぼ》れだったし」

允也は真顔でソファから腰を浮かせる。こういう話題になると瀬ノ尾が冗談ですまそうとするのが気に入らないらしい。

「いいかげん信じてって」

允也には感謝している。同時に、すまない気持も湧く。

信じていないわけではなかった。信じているからこそ、茶化した言い方をせずにはいられないのだ。

「あー、はいはい。そうでした」

背中から抱きつかれ、体温の高い允也のぬくもりが上着を通して伝わってきた。

「どうしたら信じてくれる？」

首筋に口づけられて、瀬ノ尾は允也の髪に手を触れさせた。

「信じてるよ」

允也と出会ったのは、所謂《いわゆる》ハッテン場と呼ばれる界隈《かいわい》だ。

好きな場所ではないが、瀬ノ尾はこれまで数回訪れている。己の性癖を確認するという自虐行為のために。

最後に出かけたのは二ヶ月前だ。

允也に声をかけられて、ホテルに行って、そのまま允也は瀬ノ尾のマンションに居ついてしまった。

「ビール飲む？　それとも、なにか食べる？」

瀬ノ尾から上着を受け取り、甲斐甲斐《かいがい》しく聞いてくる允也に思わず口許が綻んだ。

「なに？」

「いや、新妻みたいだと思って」

わざわざ厄介な年上の男なんて選ばなくても、いくらでも他に相手はいるだろうに――そう言えば允也が怒るのはわかっているので、口にはしない。

「俺はそのつもりでいるけど？」

允也がうなじで囁《ささや》く。上着をソファに放った手が瀬ノ尾の胸元で悪戯《いたずら》をし始めた。

「……允也」

「駄目？　お腹すいてる？」

瀬ノ尾が外しかけていた釦を、すべて允也が外す。はだけられたワイシャツは、そのまま腕を滑っていき床に落ちた。

「ベッドに」

震える声で告げると、允也が肩口で頷《うなず》く。

「ん、わかってる。聡明は、暗い寝室じゃないと厭《いや》なんだよな？　そういう、いつまでたっても慣れないところも、俺、好き」

「…………」

なんと返事をしていいのかわからなかった。

いつまでたっても慣れないのは本当だ。だが、慎《つつし》み深いからではない。たぶん、同性に恋をして、抱かれることを望む自分を直視したくないせいだ。

それから、允也に対する罪悪感もある。瀬ノ尾の気持ちが自分にないと知りながら、允也は瀬ノ尾を許してくれる。

瀬ノ尾には過ぎた恋人だ。

優しくて、年下らしく甘え上手で、いまは無職だからと家事をすべて引き受けて献身的に尽くしてくれる。「新妻みたい」だという揶揄《やゆ》は、満更嘘《うそ》ではなかった。

允也のおかげでどれほど救われているか。

でも口にしてしまえば允也に悪い気がして、いまだ礼を言えずにいた。

「聡明」

允也は、瀬ノ尾の手を引いて寝室まで連れていく。無言で従い、ベッドに辿《たど》り着くと瀬ノ尾は自分からスラックスと下着を脱ぎ捨てた。

その間に允也も身につけていたカットソーを頭から抜き、瀬ノ尾を抱き寄せる。瀬ノ尾よりも体温の高い肌が密着し、息を詰める。

「硬くならないで」

「……允也」

「うん。俺の名前呼んでて」

名前を呼べと言ったくせに、唇を塞《ふさ》がれる。体温同様熱く湿った口づけに、自分からまともな思考を手放す。

暗い部屋の中で、目を閉じた。自分を押し潰《つぶ》す硬い身体《からだ》に両腕を回し、いつしか夢の中へと入り込んでいた。

瀬ノ尾は昔の夢ばかりを見る。

過去の出来事は甘く切なく胸を揺さぶる。

瀬ノ尾はまだ十五歳だ。

周囲を見回せば、いつの間にか上級生ばかりになっていた。しかも、皆から敬遠されている人間の集まりだ。

入学してまだ三ヶ月だというのに、不良グループの一員にされている。

いや、被害者ぶるのは間違いだ。瀬ノ尾が自分で望んだのかもしれない。

「だりい。こんな暑くて、体育なんてできるかってんだ」

金髪に、太いストローが通るほど大きなピアスホールが目印の諏訪部《すわべ》が、煙草《たばこ》の煙を吐き出す。名前と顔を一致させるのに、際立った特徴があるのは便利だった。

中学まで他人とあまり口をきかなかったせいで、顔と名前を憶えるのが苦手になった。三ヶ月かかって認識したのは、教師と生徒合わせて数人しかいない。

そのうちのひとり、諏訪部は現在二年なのだが留年したらしいので、本来は三年、瀬ノ尾よりもふたつ年上だった。

「なあ、聡明。このままフケてどこか行こうぜ」

去年廃部になったバレー部の部室がたまり場だ。一応鍵はかけられたものの、その日のうちに壊され、別の活用をされるようになった。

部室には、休み時間ごと煙草を吸うために諏訪部たちが通っている。授業が始まっても教室に戻らないことも間々《まま》あるが、呼びにくる者などいないので誰に憚《はばか》ることなく堂々としたものだ。

唯一の不満は、エアコンがないことだろう。コンクリートの壁では、冬はまだしも夏場の暑さはこたえる。

諏訪部がフケようと誘うのは当然だった。

瀬ノ尾自身は好きでたむろしているわけではない。ひとりのほうが気は楽なのだが諏訪部がわざわざ迎えにくるし断るのも面倒なので、仕方なく足を運んでくる。

「どこかって、どこ?」

煙草に火をつけながら、諏訪部を見ずに切り返す。どうせ行くところなんて、カラオケボックスくらいのものだ。

学校をサボって、ナンパした女とカラオケボックスにこもってその場のノリでやったりする。それのどこが面白いのか、瀬ノ尾にはわからない。

最初こそ乱交まがいの行為は刺激的だったが、何度かくり返すと飽きてきた。

「女を引っかけて、カラオケにでも入ろうぜ」

予想通りの諏訪部の提案に、向かいの長椅子《ながいす》に座っていた谷山《たにやま》が同調する。

「ああ、いいな、それ。行くか」

谷山は太っていて汗っかきなのが特徴だ。それから、鼻の頭に痘痕《あばた》がひとつある。

「行こうぜ、聡明」

瀬ノ尾が黙っていると、ふたりがしつこく誘ってきた。瀬ノ尾が行かなければ金を出す人間がいない。カラオケ、ゲームセンター、ボウリング。どこに行くにも金がいる。

特に女を引っかけるときは金が必要だった。

彼らの遊興費のすべてを瀬ノ尾が出していた。

「――いいけど」

面倒だが、教室に戻るよりはましだ。夏場は、部室にこもるのも限界がある。消去法で諏訪部たちの案にのり、瀬ノ尾は机の角で吸いさしの火を消した。

「さすが聡明サマ。早速行くぞ」

諏訪部がわざとらしく持ち上げる。普段はだらけているくせに、こういうときだけ腰が軽い。

だが、他の奴らよりは諏訪部や谷山のほうが数倍つき合いやすいのは事実だ。なにを考えているのかわからない連中と一緒にいるくらいなら、たとえ下心が透けて見えていても諏訪部たちのほうがわかりやすいぶん好感が持てる。

諏訪部たちとつき合うせいで同級生からはますます浮くようになったが、それもいまさらだ。

部室を出て、だらだらと裏門まで歩く。すでに授業は始まっているので周囲には誰もいない。いたところで注意してくる奴もいなかった。

「この前引っかけた女、すごかったなあ」

谷山が歯を剝《む》き出しにして笑う。

「金のためならなんでもやるって？」

諏訪部も下卑た笑みを洩《も》らした。

瀬ノ尾もこれに関しては同感だった。金の力がどれほどのものか。瀬ノ尾も最近になって実感している。瀬ノ尾が金を持っているから諏訪部たちが寄ってくる。そして、女も寄ってくる。

「あれ？　宮村《みやむら》さん」

裏門を出てタクシーを拾うために大通りまで歩いていると、思わぬ相手と鉢合わせた。今年卒業した宮村とは諏訪部を介して面識がある。いわば、諏訪部たち不良の先輩だ。

「なんだ、サボりか」

宮村はひょろりと背の高い、鼻にピアスをした男だ。一緒にいる奴は初めて見る顔だが、Tシャツから覗く首と腕にセンスの悪い流線型のタトゥがしてあるので、すぐに憶えられるだろう。

「おまえら、どこ行くの？」

宮村が問い、諏訪部がカラオケボックスと答える。

タトゥの男は、無遠慮に瀬ノ尾をじろじろ見ている。陰口には慣れていても、あからさまな視線には慣れていないので居心地が悪い。

「いまからこいつと店に行くんだけど、おまえら一緒に来るか？　奢《おご》ってやるよ」

宮村の言う「店」とは、彼の従兄《いとこ》がやっている小さなバーだ。瀬ノ尾も何度か一緒に行ったことがある。

親指でくいとタトゥの男を指差し、その後、肩をすくめた。

「ああ、聡明に『奢る』はないか——どう？　こいつら馬鹿ばっかやって、聡明、大変なんじゃね？」

即座に諏訪部と谷山が渋い顔で反論する。馬鹿やってないっすよとか、勘弁してくださいとか。

そんなふたりを見て、宮村が冗談だと呆れ顔になる。そういえば、宮村は瀬ノ尾に媚《こび》を売ってこない、めずらしい男だった。

「聡明サマ」と茶化《ちゃか》して呼んだことも一度もないし、金の無心をされた憶えもない。

瀬ノ尾は首を傾け、べつにと答えた。

「ていうか、隣の奴、誰？　さっきからじっと見られて感じ悪いんだけど」

タトゥの男を見ずに宮村に問う。宮村は苦笑しながら、隣に立つ男の腕を肘《ひじ》で突いた。

「おい。気をつけろ。じろじろ見んなってよ」

注意された男は、悪いと目を眇《すが》める。

「これがあの瀬ノ尾組の坊かと思って、つい」

センスだけではなく頭も悪いらしい。本人を目の前に「これ」なんて言う馬鹿には初めて会う。

むっとして瀬ノ尾は、タトゥの男ではなく宮村を睨んだ。目を合わせるのも不快だった。

「こいつと一緒なら行かない」

宮村は唇をへの字に歪《ゆが》めると、タトゥの男に顎をしゃくった。

「だってさ。おまえ、帰れ」

「――っ」

恥をかかされた怒りで、見る間に男の顔が赤くなる。男はなにか言いたげに口をぱくぱくと開いたが、なにも反論はなかった。

反論なんてできないだろう。瀬ノ尾の名は、まともな人間には嫌悪の対象であり、そうでない人間には畏怖《いふ》の的だ。

逆らう奴なんていない。

瀬ノ尾も、不快な奴に金を使うつもりはなかった。

もっとも、宮村があっさり従ったのには多少驚いたかもしれない。一言くらい、なにかあるかと思っていた。

「……わかったよ」

男が離れていく。名前を憶える必要がなかったことに内心でほっとしながら、その足で大通りに出ると二台に別れてタクシーに乗り込んだ。

行き先を、カラオケボックスから宮村の従兄の店へと変更する。

路地裏にある店は高級感など皆無で、まだ潰れていないのが不思議なくらいだったが、安いバーもそれなりに需要はある。

客を選ばないのだ。うらぶれた感じの大人や、チンピラ、あとは瀬ノ尾たちのような不良と呼ばれる学生たちにとっては便利なバーだった。

制服でも平気だし――ただし学ランは脱ぐように要求されるが――親戚《しんせき》の特権で営業時間

外であろうと入れてくれる。

「最近どう？　元気でやってるか」

宮村が問う。

「普通」

瀬ノ尾が答えると、切り出しにくそうに宮村は何度か唇を歯で扱《しご》いた。

「なに？」

じれったくなってこちらから水を向けてやる。こういうパターンはろくなことがないとわかっているからこそ、さっさとすませてしまいたかった。

「あー、そのさ。もし可能ならさ、おまえんとこの組、紹介してもらえないかと思って」

「――――」

そういうことかと合点がいく。

宮村があっさり友だちを返したのも、瀬ノ尾を気遣うのもちゃんと理由があったのだ。いや、理由ではなく下心。変わった奴だと思っていたが、そうではなかった。

就職にでも失敗したのか初めからそのつもりだったのかわからないが、瀬ノ尾にはどちらでも同じだ。面倒臭いことに変わりはない。

「どう？」

念を押されて、瀬ノ尾はウインドーの外を眺めながら、べつにいいけどと答える。宮村の声に喜色が浮かんだ。

「ちょうどおまえに会いにいこうと思ってたんだよ。今日ばったり会って、ラッキーだったな。ああ、俺のほうはいつでも都合つけるから、そっちの都合のいい日を教えてくれないか。挨拶に行かしてもらうから。できれば、早いほうがありがたい」

饒舌に捲《まく》し立てる宮村に、うんざりしてくる。

機嫌をとりたいのなら、土下座のひとつでもしてみせればいいのに。

「宮村さん」

「なんだ？」

「いまはいいけど、組に入ったら、口のきき方には気をつけてくれる？」

一瞬、なんのことかわからなかったようだ。けれどその後すぐに悟り、宮村は息をのむ。

怒っているのかもしれない。三つも下の人間にぞんざいにあしらわれて。

視線を感じたが、窓の外の景色に目を向けたままの瀬ノ尾の頭にはすでに宮村のことなどなかった。

この調子で諏訪部や谷山までが組に入ると言い出したらどうしようか。それが一番鬱陶《うっとう》しい。

宮村がなにか言った。さっきの忠告への返答だろうが、興味がなかったので耳には入れなかった。

ひどく疲れている。

「俺、やっぱり帰る。宮村さん、ここで降りてよ」

宮村は逆らわなかった。宮村が黙ってタクシーを降りるのを待って、瀬ノ尾は自宅住所を運転手に告げた。

なにもする気にはなれなかった。唯一の望みといえば、早くひとりになりたい、それだけだ。

いや、自宅に戻ってもひとりにはなれない。ドア一枚隔てた向こうでは常時組員が出入りし、たまに怒号が飛び、終始ざわついている。

頭の悪い人間ほど声がでかいので、否応《いやおう》なく話の内容まで洩れ聞こえてしまう。敵愾《てきがい》心、嫉妬《しっと》心。媚やおべっか。物心ついたときから、大人への憧れなんて持てなくなった。

「やっぱり戻って」

瀬ノ尾は運転手にふたたび回れ右を命じた。

おとなしく家に戻るのも癪《しゃく》だ。どうせ嵯峨野が、「今日は早かったんですね」と嫌みのひとつも口にするにちがいない。

運転手はあからさまに気分を害したようだ。横柄な態度で確認されて、瀬ノ尾は運転席を足で蹴《け》った。

「言われた場所に連れていけばいいんだよ。商売だろ」

やばい奴だと思ったのか、運転手は口の中でぶつくさこぼしながらも瀬ノ尾に不平をぶつけてはこなかった。

まったくどいつもこいつも腹が立つ。とりたてて厭なことがない代わりに愉しいこともない。世の中が、自分だけ避けて動いていくようだ。

同じ道を走り、ついさっき宮村が降りた場所に戻る。そこからさらに進むと、飲み屋街に入った。

通りの両脇《りょうわき》にも横道にも、飲食店が軒を連ねている。若者が集うクラブから風俗店まで選り取り見取りだ。

まだ人通りは少ない。この時刻だと、風俗以外の店には準備中のプレートが掲げられている。
四、五人の女が目の前を横切った。どうやらホストクラブに入るらしい。昼間から盛んなことだ。
瀬ノ尾はタクシーを停《と》め、降りると目的地も決めずぶらぶらと歩いた。

すぐに、瀬ノ尾が入れるのはカラオケボックスか宮村の従兄の店しかないと知る。制服で風俗店というわけにはいかないし、入る気にもならなかった。

仕方なく、宮村の従兄の店に足を向ける。いま頃宮村が瀬ノ尾への不平不満を従兄にぶつけているだろうが、どうでもよかった。

どうせ瀬ノ尾の前ではなにも言えない。

組に関して瀬ノ尾に発言権や決定権などあるはずがないのに、皆勘違いしている。

瀬ノ尾の機嫌をとれば組でも重用されると思い込んでいるふしがある。

馬鹿じゃないかと呆れる。宮村には、特に失望させられた。

「……だりい」

ため息をこぼした瀬ノ尾は、前方に現れた男に目を留めた。店の勝手口から出てきた男は抱えていたビールケースを軒先に置き、ゴミバケツにゴミを捨てる。勝手口から中に戻ろうとしたとき、ようやくそこに立つ瀬ノ尾に気づいた。

視線が合い、男は足を止めた。

「――桐嶋東吾」

咄嗟《とっさ》にその名を口にすれば、桐嶋が銜《くわ》えていた煙草を空のビール瓶の中に落とし、しまったという顔をする。

仕種《しぐさ》も表情も自分よりは随分大人に見える同級生を眺めながら、瀬ノ尾は内心で戸惑っていた。

桐嶋東吾は、あえて特徴を見つけるまでもなく名前と顔が一致した人間だった。

どうしてなのか、自分でもわからない。他のクラスメートと桐嶋のどこがちがうのか。こ

の三ヶ月、一度も口をきいていないのは同じなのに。

桐嶋は寡黙な男だ。

教室でもほとんど誰とも喋《しゃべ》らないし、誰ともつるまない。夜の街で働いているという噂《うわさ》は小耳に挟んだが、それが本当なのかどうかすら誰も知らない。

女子が本人に確認したとき、桐嶋は適当にごまかしたという。

生意気な下級生は片っ端から呼び出して脅している諏訪部たちも桐嶋は苦手のようで、虫が好かないと口では言いながらいまだ放置している。

他人を寄せつけない雰囲気が、桐嶋には確かにあった。

「こういう場所で顔を合わせたら、見ないふりするもんだろ？」

桐嶋がそう言い、瀬ノ尾はかっと頭に血が上った。自分ひとり意識しているのが恥ずかしかった。

「見られちゃまずかったんだ？　そういえば、今日は風邪で欠席だっけ？」

指摘しながら、困惑は増す。桐嶋が今日欠席していたことをちゃんと把握していた自分に驚いたのだ。

「今日は仕方がなかった。貸切でパーティがあるから、朝からその準備に追われてたんだ」

桐嶋の右手が勝手口を示す。黒いドアには、細く流れるような文字でドルチェと書かれていた。

「そこで働いてるんだ?」

返事はない。

学校でバイトは禁止されているので、しているとは答えられないのだろう。他にも隠れてバイトしている奴はいるけれど、さすがに歓楽街で働くのは知られたくないはずだ。

「おまえは?　瀬ノ尾」

「――――」

名前を呼ばれて、どきりとした。桐嶋が瀬ノ尾の名を知っていても当然なのだが、なぜか知っているとは思っていなくて胸が震えた。

「学校サボってカラオケか?　にしては、いつもの仲間がいないな」

馬鹿にしているともとれる台詞《せりふ》だ。つるまなくてはなにもできないくせに、と。

だが、桐嶋の声音には揶揄の色がなく、瀬ノ尾がひとりでいることへの単なる疑問に聞こえた。

「いつも一緒にいるわけじゃない――仲間でもないし」

「そう?」

たいして興味もなさそうに桐嶋が頷く。

「仕事があるから」

そう言い残すと、ドアの中へと消えていった。

瀬ノ尾もその場から離れる。歩きながら、偶然会ったクラスメートのことを考えていた。桐嶋は口止めしなかった。瀬ノ尾が他言しないと思っているのか、それとも、他言されても構わないと思っているのか。

どちらなのか瀬ノ尾にはわからないが、桐嶋が瀬ノ尾を煙たがりもしなければ媚も売ってこない男だということだけははっきりしている。

いや。

瀬ノ尾はかぶりを振った。

期待しないほうがいい。桐嶋だって同じだろう。利害関係が絡めば、きっと他の皆と同じになるのだ。そのうち瀬ノ尾の機嫌を窺《うかが》ってきたり、避け始めたりする。

「――桐嶋東吾」

たったいま別れたばかりのクラスメートの名を口にしてみる。すぐに後悔した。瀬ノ尾にとって、個人を認識し名を呼ぶ行為は容易《たやす》いことではない。

しかも自分からとなればなおさらだ。

近づかないほうがいい。そう自分に言い聞かせていた。

「聡明」

目を開ける。一瞬自分がどこにいて、なにをしているのかわからず、目の前にいる允也の顔を見てうろたえてしまう。

「どうかしたの？　うなされてた」

自分が高校生の頃に戻ったかのような錯覚に陥っていた。

桐嶋に会ったのが原因だろう。桐嶋に会った日は、必ず昔の夢を見る。

「――なんでもない」

ベッドから半身を起こし、サイドボードの上の時計に目をやった。針はちょうど四時をさしている。起きるには早すぎる時刻だが、これ以上は眠れそうになかった。

「シャワー浴びてくる」

そう言ってベッドから下りた瀬ノ尾の手を允也が摑《つか》む。

「俺も」

日常の行為が、いまは受け入れられなかった。昔の夢を見たあとは自分でも厭になるほど神経質になっている。

瀬ノ尾は作り笑いで拒絶した。ひとりになりたいと言外に伝えた瀬ノ尾の真意に允也はちゃんと気づき、瀬ノ尾から手を引く。

小さく謝罪し、允也から離れた。

バスルームでひとりになって、やけに生々しかった夢を頭の中で反芻《はんすう》する。それは瀬ノ尾にとって自傷行為にも等しかったのだが、同時に、甘い感情も連れてくる。

あれは、繁華街で二度目に桐嶋と出くわしたときだった。

桐嶋は酔った客をタクシーまで送っていくためにちょうど表に出てきたところで、瀬ノ尾は、内心の動揺を隠して偶然を装った。実際は、桐嶋が気になって幾度となくドルチェの周囲をうろついていたのだ。

その頃には、桐嶋の情報をいくつか得ていた。

桐嶋が中学まで父親のもとで暮らしていたこと。高校に上がったのを機に独立し、つき合いのあったドルチェのオーナーの好意で現在は二階の仮眠室で生活していること。

学費こそ親が自動的に振り込んでいるというものの、生活費はすべて自分で賄《まかな》っていること。

中学からバーに出入りしていたというのも驚くが、たった十五で家を出て自活しようと決心した気持ちの強さに瀬ノ尾は興味を惹《ひ》かれる。

ひとりで生きていく勇気は瀬ノ尾にはない。

「おまえ、それでよく学校に行けるな」

ほんの五分程度の立ち話。でも、自分がこの偶然を心待ちにしていたと、瀬ノ尾は自覚していた。

「疲れない？」

夜働いて、朝から学校に行くのは大変だろう。しかも誰も咎《とが》める者がいない環境だ。瀬ノ尾なら欠席ばかりで早々にリタイアしている。

「案外大丈夫なもんだ。休み時間に寝てるし、たまに授業中も熟睡してる」

桐嶋の寝顔を瀬ノ尾もたまに見る。

主に古文、その次は世界史。桐嶋は大概頬杖《ほおづえ》をついて眠っている。

窓際の一番後ろの席ばかり選ぶのは転寝《うたたね》しやすいせいだろう。邪魔になるわけではないので、教師も起こさない。

瀬ノ尾は廊下側の一番後ろの席から、机に伏せて眠ったふりでよく桐嶋を眺めている。

「昼休みは、どこで寝てるんだよ」

「屋上」

「屋上？　鍵かかってなかった？」

瀬ノ尾の質問に、桐嶋は肩をすくめるだけだ。瀬ノ尾もあえて鍵を壊したのかとは聞かなかった。

「そろそろ仕事に戻る。おまえは、あいつらと合流するのか？」

「――――」

そうだと返事をするのが躊躇《ためら》われた。諏訪部は先週から二週間の停学を食らっている。飲酒したうえ、バイクで転倒したのだ。学校側は事実を伏せ、警察沙汰《ざた》にはなっていない。桐嶋は瀬ノ尾と諏訪部を仲間だと思っている。瀬ノ尾自身は一度も仲間意識など持ったことはないというのに。

他に寄ってくる奴がいないし、追い払うのも面倒だからつるんでいるだけだというのに。

だが、口でいくら説明しようと一緒にいるのは事実だ。

どうして嫌いな相手と無理をしてまで一緒にいるのか、桐嶋を見ていると自分に疑念が湧いてくる。

なぜ我慢してまでつるむのか。なぜ桐島は誰ともつるまないのか。

「なにしてるんだ、こんなところで」

走りすぎようとしていた男が、瀬ノ尾を見つけて足を止める。息せき切ってやってきたのは宮村で、宮村はめずらしく深刻な顔をしていた。

「諏訪部が荒れて、女を拉致《らち》って路地裏のボロいビルに引っ張り込んだらしい。今度なにかあったら、あいつ退学だぞ」

一緒に来てくれと誘われる。

瀬ノ尾は迷って、咄嗟に桐嶋に視線を流した。桐嶋は一言もなく店の中に戻っていった。

止めてくれるなんて期待したわけではない。でも、なにか言葉をかけてくれると思っていた。行くのかとか、大丈夫かとか。

素知らぬ顔で背中を向けられたのが、瀬ノ尾にはショックだった。

「早く」

急《せ》かされて、瀬ノ尾は宮村に従った。

宮村のあとを追いかけ、細い路地に入る。店のネオンが途切れ、なにかの跡地だろう、雑草の生えた土地に入る。その奥には古いビルがあった。

バブル時代の遺跡らしく、いまは使われておらず廃墟《はいきょ》になっていた。

「こっちだ」

両手を振って叫んだのは谷山だ。谷山が宮村に連絡したようだ。三人でビル内に入っていく。携帯電話のライトで照らした周囲は瓦礫《がれき》やゴミで雑然としていた。

腐敗臭に吐き気がこみ上げる。時折かさかさと音がするのは、鼠でもいるのかもしれない。

足元に気を配りながら奥に進んでいくと、きゃあと女の泣き声が響き渡った。声のしたほうに走っていくと、廊下の隅で、ちょうど諏訪部が女に手を上げたところだった。

パシッと乾いた音がビル内にこだました。

「待て待て」

宮村が間に入る。諏訪部はすっかり泥酔していて、宮村に続いて近づいた瀬ノ尾の顔を見て、わははと笑い始めた。

「これはこれは、瀬ノ尾の坊ちゃま。一緒に交ざらねえ？」

女は身体を丸めてしくしく泣くばかりだ。逃げる気配もない。幸運にもまだ未遂だった。きっちりと衣服を身にまとっている。

「早くやろうぜ。先輩もさ。立ってないでこの女を押さえつけるの手伝ってくれねえ？　やる気満々だったのに、急に嫌がりだしちゃってさ」

呂律《ろれつ》の回らない口調で並べたてる諏訪部に、宮村が思案顔になる。女が訴えたときのことを案じているようだ。

「ほら、谷山」

諏訪部にせっつかれて、なにを思ったか谷山が女の足首を摑んだ。泣き声が大きくなる。

宮村は諏訪部と谷山を見下ろしていたが、ちらりと瀬ノ尾にその目を向けた。

「どうする？　女殴っちゃってるし、このままいたら共犯にされるけど」

「——————」

それは困る。諏訪部なんかの巻き添えにはなりたくない。諏訪部がどうなろうと自業自得だし、ついてきた女も悪いのだ。とばっちりは御免だった。

黙っていると、宮村がくいと顎をしゃくった。

「バーに戻ろう」

宮村の提案に頷いたときだ。

耳に入ってきた音に、瀬ノ尾はびくりと身をすくめた。

「なんだ――冗談じゃねえ」

宮村が慌てふためく。

パトカーのサイレンだ。

いったい誰が通報したのか。

「とにかく、逃げるぞ！」

言うが早いか宮村はあっという間にビルから逃げ出していった。谷山も喚《わめ》きながら走り出す。

瀬ノ尾は緊張のため膝が震えていたが、なんとか足を踏み出すことができた。

ビルを出て、急いで離れる。諏訪部のことが気になりはしたが、どうせ置き去りにするつもりだったからと自身に言い聞かせた。

そのままどこにも立ち寄らず、うちに戻る。家に着くと、誰とも顔を合わせないうちに自室にこもった。

動悸で心臓が苦しい。

ベッドの上で震えの止まらない肩をきつく掻《か》き抱いた。

どうなったのだろう。諏訪部は捕まったのだろうか。もしあの場から逃げ出したとばれてしまったら、瀬ノ尾も警察に呼び出されるのか。

警察なんて冗談じゃない。

鼓動はおさまるどころか早鐘のように鳴り、息苦しさを覚える。関係ない関係ないとぶつぶつとくり返すばかりで、朝まで身動きひとつできなかった。

警察が来たのは、翌日だった。

どうやら女は瀬ノ尾の名前だけを記憶していたらしく、四人の男に連れ込まれたと語ったあげく、瀬ノ尾の名前を告げたというのだ。

警察にとっては、もっとも便利な名だろう。瀬ノ尾組の息子が婦女暴行未遂の主犯格というのだから、改めて調べる必要もない。

二日拘留《こうりゅう》されたのち、先方の女性が事を荒立てたくないと言ったとかで結局送検されずに家に帰された。

学校はもちろん停学。

諏訪部とは入れ違いになった。

冷たいもので、宮村も諏訪部も谷山も知らん顔だったが、初めから期待していなかったぶん、どうということはなかった。

それよりも、桐嶋に無視されたことのほうが瀬ノ尾にはこたえた。

馬鹿な奴だと思ったのだろう。実際にそうだ。諏訪部なんかとつるんでいたから、こんな目に遭ったのだ。

桐嶋はいま頃、瀬ノ尾を軽蔑しているにちがいない。

桐嶋が自宅を訪ねてきたのは、停学になって三日後のことだ。

学校側からプリントを届けるようにと頼まれたというのだが、押しつけられたのは明白だった。

退屈だからという理由で強引に桐嶋を引き止め、自室に上げた瀬ノ尾は、内心では桐嶋を責めるつもりでいた。

瀬ノ尾は宮村に連れていかれただけだと証言してくれればよかった。桐嶋が話してくれれば、少なくとも瀬ノ尾だけが貧乏くじを引くはめにはならなかったはずだ。

「悪かったな。わざわざ届けに来てもらって。桐嶋だってかかわりにはなりたくなかったんじゃないか」

嫌みを込めて言う。桐嶋は、あっさりと聞き流した。桐嶋を躊躇《ちゅうちょ》させたり動揺させたりするのはどうすればいいのだろう。

どうすれば、関心を持ってくれるのか。

「そこにいただけなのに、いつの間にか主犯だってさ」

ベッドに寝転んだ姿勢で愚痴をこぼせば、桐嶋が机の上にプリントを置いた。

「止めなかったんだろう」

まるで見ていたように断言する。確かに止めなかったが、面白くない。

「だからなに。俺はなにもしてない」

寝返りを打ち、桐嶋に半眼を流す。

桐嶋は鼻で笑った。

「いつも一緒にいるくせに、おまえらは足を引っ張り合うことしかしないんだな」

その言い方に、むっとする。桐嶋になにがわかる。あいつらとは一緒にいたくているわけではない。他に誰もいないからだ。

「だったらどうしろっていうんだよ」

瀬ノ尾はベッドから起き上がって、桐嶋に嚙みついた。

「俺になにができる。利用するときだけ誘ってくる相手に、なにをしろって？」

桐嶋は瀬ノ尾の正面に立った。

瀬ノ尾の部屋にはなんでも揃っている。オーディオ、テレビ、パソコン、ゲーム機。なに不自由ない。

桐嶋を前にすると、途端にそれが価値のないものに思えてくる。

「断ればいい」

簡単に口にされる。断ったらどうなるか、知りもしないで。

「断れるわけないだろ」

「どうして」

「そんなことしたら、誰も俺を――」

言いかけて、途中で唇を噛んだ。

なにを言おうとしている。面倒だとかしょうがないとか表向きは見せているくせに、断って誰も相手にしてくれなくなるのが怖いとでも言うつもりなのか。

それみたことかと桐嶋に笑われてしまう。いくら偉そうなことを言っても、結局は弱いんじゃないかと。

「…………」

唇を引き結んだ瀬ノ尾に、静かな声が告げた。

「あいつらと一緒にいて、一度でも愉しいと思ったか？」

「……それは」

「ひとりじゃないって、思えたか？」

「…………」

愉しかったことなんてない。一緒にいても、いつもひとりだった。

「それなら断れ。断ってひとりになったら、その間周囲の人間を観察してろ。退屈だと思う暇もないくらい、どんな人間がいるか見ていればいい。誰も助けてくれないなら、自分のことは自分で救ってやれ」

「——桐嶋」

思い出した。桐嶋は、親から独立してひとりで生きている。学校でもごく自然に振る舞い溶け込んで見えるが、特定の友人はいない。

「頭を使えよ。自分を犠牲にする機会は、いざというときのためにとっておけ」

他の人間に言われたのなら、反感を覚えた言葉だ。だが、桐嶋の言葉は、瀬ノ尾の耳から入って胸まで届く。

一言一句、脳と身体に刻まれる。

瀬ノ尾は、伏せていた目を上げた。

「桐嶋は、いま周囲を見ている最中か？」

そうだな、と答えが返る。

「俺のことも、見てた？」

「ああ」

沈みきっていた胸に、ぽっと明かりがともったような気がしていた。皆に無視されていると思っていた。でも、桐嶋は瀬ノ尾を見ていたという。

「わかった。断る」

瀬ノ尾がそう言っても桐嶋はなにも答えなかったのだが、もう気にならなかった。

「ひとつだけ聞いていい？」

あのときのパトカーは、あまりにタイミングがよすぎた。繁華街の外れの廃墟では、大声を出しても届かなかっただろう。

「パトカーを呼んだのは桐嶋？」

肩をすくめるだけの桐嶋を、不思議と恨む気持ちは湧《わ》かない。それどころか、よかったとすら思えてくる。

パトカーが来なかったら、きっと未遂では終わっていなかった。そうしたら瀬ノ尾は、停学どころではなかった。彼女は瀬ノ尾の名を憶えていたのだから。

桐嶋のおかげだ。

プリントを届けるという目的を果たし、桐嶋が帰っていく。誰かの背中を前にして、初めて引き止めたい衝動に駆られたが、瀬ノ尾はそうしなかった。

代わりに、桐嶋の去ったドアを見つめ、何度も言葉を頭の中でくり返していた。

桐嶋のように強くなりたい。心からそう思う。

事実、その後の瀬ノ尾は桐嶋を意識し、桐嶋の姿を常に目で追いかけるようになった。昼休みには屋上に押しかけ、桐嶋の寝顔を眺めたりもした。

悪趣味だと嫌がられたし、ほとんど会話なんてしなかったけれど愉しくてたまらなかった。

桐嶋は瀬ノ尾にとって、一緒にいて愉しいと思わせてくれた初めての相手だった。

「……桐嶋」

あれから、十五年がたつ。

わずか数ヶ月だったが、屋上で過ごした日々を瀬ノ尾はいまでも頻繁に思い出す。瀬ノ尾には、忘れてしまえるようなものではなかった。

短かったからこそ、かもしれない。

高校二年のとき、桐嶋の母親と弟が見つかって、再婚相手も含めて一緒に暮らすことが決まったときから自然と疎遠になっていった。

母親は余命わずかで、最期のときを家族で過ごすためだったとあとから瀬ノ尾は人伝《ひとづて》に聞いた。

桐嶋がいたから、ひとりになっても学校に行けた。桐嶋がきっと見ていてくれると思うと、ひとりでいることが怖くなかった。

結局、疎遠なまま高校を卒業し、その後は別々の道を歩んだ。

再会したのは、思わぬ場所でだった。

二十五のときだ。

二度目の転機といっていいだろう。

たまたま接待で使ったバーが、桐嶋の店だった。夜の街でバイトをしていた桐嶋が自分の店を持つまでになっていたことに驚き、同時に誇らしくもあった。

キャバクラやホストクラブのような風俗店以外にも、高級バーまで持っているうえ、いまだ店舗を増やし続けているのだから出世したものだ。

もっとも知らなかったのは瀬ノ尾だけで、周知の事実だった。瀬ノ尾が桐嶋のことを嵯峨野に話したとき、嵯峨野は涼しい顔で「知っています」と答えた。

種明かしは単純だ。

桐嶋の店のある界隈は、組のシマだったのだ。瀬ノ尾が再会する前に、嵯峨野は桐嶋と顔を合わせていたというわけだ。

桐嶋の言葉を、瀬ノ尾はいまでもことあるごとに思い出している。

――自分を犠牲にする機会は、いざというときのためにとっておけ。

いざというときは、桐嶋のためだと随分前に決めていた。

夜の世界で働く桐嶋。いつか桐嶋の役に立てたらいい。瀬ノ尾は、それだけの理由で街に残り、同じ場所に住み続けている。

桐嶋がいなかったら、おそらく父親に勧められるまま家業に足を突っ込んでいた。

けれど、桐嶋が自分のことは自分で救えと言ったから、犠牲にするのはいざというときだけでいいと言ったから、たとえ中途半端と謗《そし》られようとも瀬ノ尾はいまの立場を貫いていけるのだ。

がちゃりと背後で扉が開く。

「聡明」

允也が入ってきて、シャワーの下で瀬ノ尾を抱き寄せる。

「あんまり遅いから、どうしてるのか心配しただろ？」

本気で気遣う様子を見せる允也に、瀬ノ尾は睫毛を伏せた。

「ぼんやりしてただけだ」

「そんな顔して、また初恋の彼でも思い出してたんじゃねえの？」

允也は、苦い顔でぼやく。最初に会った日に忘れられない相手がいると打ち明けていたので、瀬ノ尾が別の男に想いを寄せていることを允也は知っていた。

「……ちがう。ただ」

言わなければよかったといまは後悔している。平然と嘘をつくしかなくなった。優しくされればされるほど、ごまかしてしまう。

「ただ？」

允也への罪悪感もあるが、叶わない想いとわかっていながら桐嶋から離れられない自分を否定したくなかったのだ。

允也に恋する日が来ないことを、誰より瀬ノ尾自身が知っていた。

「親不孝者だなと思って。家業は継がず男と同棲《どうせい》する息子じゃ、親父も長生きできない」

瀬ノ尾の濡れた身体に回った両腕が強くなる。

允也は、小さな声でごめんと謝る。

「どうしたんだよ。悪いのは俺だろ？」

謝罪される理由がわからなくてかぶりを振れば、允也はそれ以上なにも言ってくることはなかった。

「聡明」

若い熱情をぶつけてくる允也を抱き返しながら、瀬ノ尾は、数時間前に会ったばかりの桐嶋を思う。

恋人と抱き会いながら、別の男を恋う。ひどい男だ。きっといつか天罰が下る。

桐嶋は知らないだろう。

屋上で、瀬ノ尾が眠っている桐嶋に口づけたことを。

風に揺れる髪に触れ、睫毛の影を見つめているうち、抑えきれない衝動に囚われてしまった。

ほんの一瞬の出来事だった。

触れたのは微かで、キスなんていえないようなものだった。

でも、どうしても忘れられない。誰と会っても、誰と過ごしていても、あの瞬間以上の気持ちは持てない。

もう一度あのときに戻れるのなら、なにを引き換えにしてもいいと思えるほど——。

なんて愚かなのか。

わかっていても、どうしようもなかった。

3

予定を変更して、桐嶋は「mariposa《マリポサ》」に顔を出した。

現在八店舗の風俗店とバー「彩花」を所有している桐嶋に、すべての店へ毎日顔を出すのは不可能だ。今日は他の店の予定だったのだが、出かける間際のマネージャーから電話で急遽《きゅうきょ》行き先を変えた。

「mariposa」は桐嶋の四番目の店であり、ホストクラブだ。マネージャーである河野《こうの》とは長いつき合いで、桐嶋がフォローできない細かな部分を任せている。

店のスタッフも桐嶋よりは河野のほうが話しやすいのだろう、大概の相談は河野が受け、河野から桐嶋に上がってくるのが通常のパターンだ。

「オーナー」

事務室に入っていくと、河野の隣には若い男が座っていた。

事務室は、基本的に桐嶋か河野しか使用しない。河野との短い打ち合わせもここですませる。

ホスト希望の青年を面接するのもこの事務室だ。

「このひとが桐嶋さん？」

足を組んで桐嶋を見上げる若者を、瞬時に値踏みする。

二重《ふたえ》の目。癖のない鼻梁。上唇が少し厚めの唇。身長は百七十二、三だろうか。悪くない容姿だ。が、度重なる脱色で痛んだ髪はいただけない。なにより、礼儀知らずには用がなかった。

「今夜どうしてもオーナーに会わせてほしいと申しまして——無理だと断ったのですが、オーナーは必ず会ってくれるはずだというものですから」

桐嶋は向かいのソファに腰を下ろしながら、河野に頷いた。

「加治——くんだったか」

「そう。加治陽一《よういち》。あなたの店で働きたくて」

陽一は桐嶋を見据える。

「年はいくつだ」

「二十一」

「経験は？」

「まったく」

矢継ぎ早の質問に簡潔に答えが返る。

桐嶋は、視線で河野に下がるよう指示した。黙礼ののち、河野は桐嶋と陽一を残し事務室のドアを閉める。

ふたりきりになると、陽一の態度はますます気安さを増した。

「三十歳で九店舗も持っているんだってね。すごいな。もしかしてあんたも裏じゃ、あくどいことしてんじゃねえの？」

煙草を唇にのせる。火をつける間も陽一の口上は続く。

「なあ、俺もあんたみたいになれるかな。将来的には店を持ちたいんだよね。どうすればあんたのように――」

「おまえ」

煙を吐き出すついでに陽一をさえぎった。くだらない話をするために河野に遠慮させたわけではない。

「早く本題に入ってくれないか。俺も暇な身じゃない」

先を促《うなが》すと、陽一は目を丸くする。

「本題って、さっきから言ってるじゃん。俺を雇ってくれって」

空惚《そらとぼ》けるつもりか。それとも桐嶋が触れてこないと高《たか》を括《くく》っているのか。

「なら、質問を変えよう。創建の加治の息子が俺になんの用だ？　俺は、この手の偶然は信じない」

「あー、いきなり直球で来る？」

容貌《ようぼう》も喋り方も仕種も、いまどきの若者だ。加治に陽一という名のひとり息子がいるのは把握していた。

だが、雇ってくれと正面から乗り込んでくるとは正直なところ予測していなかった。

「怖い顔しないでよ。べつに他意はないんだから」

陽一はどこまでも軽い。ともすれば軽薄なガキだ。だが、父親とかかわりのある多くの人間の中で桐嶋を選んで訪ねてきたことに、意味がないとは思えなかった。

加治を恨んでいた人間は掃いて捨てるほどいる。

「知ってると思うけど、親父、自殺したんだよ。二ヶ月ほど前。遺書も残ってた。これまでの悪行に対する詫《わ》びが連ねてあったんだってさ。俺的には、ちょっと信じられねえって感じなんだよね。あの強欲ジジイが金残して死ぬなんて思えねえ。殺されたっていうんなら、しっくりくるんだけど」

陽一にはまったく悲観的なものは見えない。切羽詰まったような激情も皆無だ。なにを考えているのか、表面上から推察するのは難しい。

「それで？」

桐嶋が促せば、陽一は背凭《せもた》れから身を離し、乗り出した。

「俺の親父、最悪だった。自分は外に何人も女つくって、母さんにはぎりぎりの生活費しか渡してなくて。その金だって、汚い手で稼いだんだろ？　俺はあいつが死んだって聞いたとき、思わず笑っちゃったよ。嬉しくて。もし誰かが殺してくれたんなら、感謝したいほどだった。でさ、ちょっと調べてみたんだ。そうしたら、親父に歯向かえて、かつ自殺にまで追い込むことが可能な人間がひとりだけいた。財力があって、腹が据わっていて、やくざと繋がりまである男。あんたじゃないの？　あいつを殺してくれたのは」

どこまで本気なのか、期待のこもったまなざしを向けられる。

普通ならば、父親を殺したかもしれないと疑っている男を恨みこそすれ、感謝したいなんて言わない。

どんな魂胆があるのか。復讐のために近づいてきたのか。見極める必要がある。

「期待を裏切って悪いが、なんの話だかさっぱりわからない」

桐嶋は嘯《うそぶ》く。陽一の話を聞いている間、眉ひとつ動かしてはいない。

「シラを切るってこと？　べつに恨んでなんかいないって言っただろ？　さっきも言ったように感謝してるくらいだって。これ以上被害者が出なくてすむし」

「それが俺の店で働きたいって理由か？　おまえがどう思おうと自由だが、俺は知らないというしかないな」

嘘をついているわけではなかった。

事実、桐嶋は詳細を聞かされていない。

あの日。瀬ノ尾組の連中とともに加治の別荘に乗り込んだ桐嶋は、知則と伊佐《いさ》を先に帰したあと嵯峨野とともに後始末をするつもりだった。だが、嵯峨野が許さなかった。

頼んだ以上最後まで見届けると桐嶋も食い下がったのだが、素人が自分たちの領域まで入ってくるなと有無を言わさぬ強さで突っぱねられた。

後日、嵯峨野から加治が自殺をしたと連絡を受けている。桐嶋は深く追及しなかった。桐嶋にとって重要なのは、自殺かどうかではなく、加治が死んだという事実だった。知則が自分の手でと言い張らなかったら、桐嶋はもっと早く瀬ノ尾に頭を下げて、手っ取り早く片づけていただろう。

加治を憎む気持ちは、知則と同じだ。

「雇ってくれないってこと?」

陽一が唇を尖《とが》らせる。

吸いさしを灰皿に放り込み、二本目に火をつけながら、ああと答えた。

「俺が雇うのは、店の役に立ってくれる人間だけだ。個人の事情なんて関係ない」

「俺は?　役に立たない?　マジであんたのところで働きたいんだけど」

はっと桐嶋は鼻であしらう。

「おまえは俺が父親をどうにかしたと思っているんだろう?　そんな危険な奴をどうして雇う必要がある。いつ寝首をかかれるかわからないのに」

「そんなことしないって言ってる。俺はただ、あんたみたく夜の世界で生きていきたいだけなんだよ」

「だったら、寝首をかかれてもいいと俺に思わせてみろ」

陽一が唇を引き結ぶ。

その間、演技なのかどうか陽一を窺う。

もし演技ならなかなかのものだ。その眼は真剣そのもので、嘘をついているようには見えない。

陽一はふいにソファを立つと、悔しげな様子でドアまで歩いていった。出ていく間際にくるりと振り向き、不満もあらわに「わかったよ」と桐嶋に言う。

「明日も来る。あんたがその気になるまで、毎日来るから」

あきらめたのではなかったらしい。長期戦に切り替えるつもりのようだ。

「俺は毎日この店に来てるわけじゃないぞ」

桐嶋の返答にも、意志は変わらないようだった。

「それでも来るから」

鼻息同様、勢いよくドアを開けると陽一は帰っていく。

入れ替わりに河野が入ってきた。

「大丈夫でしたか？　大きな声が聞こえましたが」

河野は当然のことながら、加治との経緯を知らない。世間知らずの若者が、雇ってもらえなかったから逆切れしたとでも思ったのだ。

「なんでもない」

陽一が毎日来ると言った件については、河野に知らせないことにする。陽一の出方を見たかった。

他意のある様子がちらりとでも見えれば、即刻対処しなければならない。

「なにかあったら、すぐ連絡してくれ」

河野にはそれだけ告げるとあとを任せ、桐嶋は店を出た。

車を走らせる。向かう先は、知則のマンションだった。

桐嶋が定期的に足を運ぶのは、店だけではない。知則のマンションもそこに含まれる。過労のため事故でも起こされては困ると運転手を雇うよう河野に何度か忠告されたのだが、いまだ自分でハンドルを握っているのはそのためだった。

仕事ではないので、決まった日に訪ねるわけではない。仕事とは別の理由で桐嶋は知則が気がかりだった。

初めて会ったときの印象が強いのかもしれない。

無表情で、静かに佇《たたず》んでいたくせに、他人への警戒心は凄《すさ》まじかった。触れたら相手かまわず嚙みつくのではないかと思わせるほど、知則は誰ひとり信じてはいなかった。

おそらく笹原《ささはら》と出会わなかったら、知則の人間不信はひどくなる一方だったろう。

笹原には感謝してもしきれない。

母を救い、知則を救ってくれた。それから、桐嶋を知則と引き合わせてくれた。

実の父親は存命だが、父だと思ったことは一度としてない。母とはずっと離れて暮らしていたし、再会してわずか半年で亡くなってしまった。

それゆえ桐嶋にとって、知則は唯一の肉親だ。守るべき存在を笹原には与えてもらったと思っている。

その点で、知則と桐嶋の笹原に対する感情はちがう。

自分で自分を守るために生きてきた桐嶋には、自分以外の人間を守りたいと思ったことがなかった。知則が初めてだ。

知則のマンションに着いた桐嶋は、真っ先に玄関の靴に気づく。知則のではないそれに舌打ちをし、リビングのドアを開けた。

知則は桐嶋を見ると、あからさまに安堵《あんど》の表情を浮かべる。一方で向かいに座っていた男は悪感情を隠そうともせず渋面《じゅうめん》を桐嶋に向け、のそりと腰を上げると黙ってリビングを出ていってしまった。

「なんだ。相変わらず挨拶《あいさつ》ひとつまともにできないのか。おまえ、ちゃんと躾《しつ》けてるのか」

桐嶋の言葉に、知則は苦い笑みを浮かべた。

「躾けるって、伊佐は犬じゃない」

「ああ、犬ならもっと可愛げがある」

桐嶋は以前、伊佐本人に「嫌いだ」と告げたことがあったが、あれは本心だった。いまだ少しも好感が持てない。

いや、以前よりも嫌いになった。知則の部屋に入り浸り、知則に苦い顔をさせる。それだけで嫌う理由には十分だろう。

灰皿からこぼれた灰。読みかけて開きっぱなしのスポーツ新聞。置きっぱなしのコップ。これまでけっして目にしなかったものを知則の部屋で見つけるたび、苛立《いらだ》ってくる。伊佐は知則を振り回しているだけだ。

「今度はなんだ？」

ソファに腰かけると、ポケットから煙草を取り出しながら問う。

なんのために傍にいるのかわからないほど、知則と伊佐の間にはしょっちゅう険悪な空気が漂っている。

桐嶋からすれば、そんな男は切ってしまえと思うのだが、知則はそうしない。我慢してまで繋ぎ止めなければならないほどの男かと、それも伊佐を気に入らない理由のひとつだった。

「――たいしたことじゃない」

知則が息をつく。

初めの頃こそ「なんでもない」と惚《とぼ》けようとしていたが、桐嶋に嘘はつけないとあきらめたのだろう。諍《いさか》いの内容までは語らないが、揉《も》めている事実を取り繕《つくろ》うことはしなくなった。

「たいしたことじゃない、か。そのたいしたことじゃないなにかで、おまえはそんな顔をするって？」

知則は笑おうとしたようだが、失敗した。代わりに、ため息がその唇からこぼれる。

「伊佐のことを理解するのは、難しい。努力しようとしているんだが、伊佐は、それも厭らしい」

「なんだって？」

冗談じゃない、と伊佐の顔を思い浮かべ、心中で吐き捨てる。歩み寄ろうとしている知則の努力すら袖《それ》にする伊佐には、怒りが湧いた。

もともと無理のある関係だ。続くはずがない。

奔放で、己の感情だけで突っ走る人間は、思いのほか影響力が強い。知則のような人間には、魅力的に見えるはずだ。

だが、それだけだ。最初はいいかもしれないが、必ず齟齬《そご》が出る。出会った状況が状況だったから、お互い勘違いしてしまった。

「あいつとうまくいくはずがない」

桐嶋は、何度目かの台詞を口にした。

「おまえができないっていうなら、俺がケリをつけてもいい」

マンションから叩《たた》き出して、二度と知則に近づけないようにすることなど容易い。これまでそうしなかった理由はひとつ、知則が望まないからだ。

「いや」

知則は今度も首を縦に振らない。

「もう少し努力してみる。全部は無理でも、少しなら理解できるかもしれないし」

「――――」

そうまで一緒にいたいのか。

喉まで出かかった問いを、桐嶋は呑《の》み込んだ。聞くだけ野暮だ。はっきり肯定されてしまったら、ムカつくだけではすまない。

伊佐の首根っこを押さえて、脅してしまいそうだ。

「わかった。なにかあったら、俺に相談してくれ」

両手を上げてそう告げると、知則は双眸を細くした。無防備な笑顔には、少年の日の面影が滲《にじ》む。

青白い額《ひたい》。睫毛の影。けっして泣き言を口にしない頑《かたく》なな唇は、手放しの信頼を桐嶋に語る。

「東吾は心配性だから」

「俺を心配性だっていうのは、おまえだけだろうな」

「そうなのか？」

クスクスと笑う知則に、まだしばらく見守るかと桐嶋はあきらめに似た心境になる。知則本人が伊佐がいいというのだからしようがない。

「志水《しみず》は？　出かけているのか」

リビングに志水の姿はなかった。

知則は首を傾《かし》げる。

「さっきまでキッチンにいたんだが――」

ソファから腰を浮かせる知則を片手で制し、桐嶋は立ち上がった。

「たいした用があるわけじゃない」

知則の部屋で過ごす時間は短い。

大概の場合は煙草一本分の時間で切り上げる。これといって理由はないが、様子を見るだけなので十分だった。

知則の髪に触れ、なにも言わずリビングを離れた。

「桐嶋さん」

どこにいたのか、玄関で靴を履いていると志水が現れる。志水は、桐嶋が知則の前ではけっして本題を持ち出さないとわかっているので、玄関先や駐車場で待ち伏せすることも間々ある。そんなときは、大概なにかある。睡眠薬を常用していると報告してきたときもそうだし、伊佐を連れ帰ったときもそうだった。

「なにがあった」

桐嶋の問いに、志水はほほ笑ましいとばかりに人差し指を左右に振った。

「ちょっとしたことですよ。伊佐くんが、自分も家賃を払うと言い出して。でも、彼は自身のアパートがあるし、建設現場に出るとしばらく家には帰れないことが多いでしょう？　だから必要ないって田宮《たみや》さんが辞退したと、そういう痴話喧嘩《げんか》ですよ」

桐嶋は渋い顔で髪を掻きあげた。

本当にくだらない。たいした稼ぎもないくせに一人前なことをぬかすからだ。

だが、くだらないからこそ伊佐を侮《あなど》れない。

知則はその手のやり取りを面倒だと思うタイプだ。なのに、努力して自分で対処しようとしているのは、それだけ伊佐を特別視しているからだろう。

あの男はそれに気づきもしないで——。

「志水」

「はい」

「身辺に気を配っておいてくれ。今日、加治の息子が店に来た。まだ目的ははっきりしないが、頼むぞ」

志水は、知則にはそうと知らせず桐嶋が雇った男だ。身の回りの世話というよりは、知則の様子を見守る目的だった。ひとりにしておけないほど、一時の知則は荒れていた。

いや、利害関係が一致したというべきか。志水には志水の事情があった。志水も創建に恨みを抱いていた男だ。

創建の件に一応の決着がついたいまでも志水を置いているのは、伊佐を信用していないせいだった。伊佐がなにか仕出かせば、知則がなんと言おうと伊佐を追い出すつもりでいる。

自身の傷を癒《いや》せるのは自分だけだ。それを伊佐はわかっていない。舐《な》め合って塞いだつもりの傷はそのうちまた膿《う》み、血を流す。

「承知しました」

志水が頷くのを待って、桐嶋はドアの外に出る。エレベーターで階下に降り、扉が開くと、目の前に伊佐が立っていた。

近くのコンビニに行っていたようで、手には袋を提げている。

「あんたも大変だなあ。いい年をした弟を構い倒さなきゃいけないんだから」

桐嶋に好戦的な半眼を流し、伊佐は挑発する。

相変わらず野良犬みたいな男だと思いながら、そうだなと桐嶋は軽くあしらった。

「うちの弟は、どうもおかしな犬に懐《なつ》かれる。その犬がただの駄犬なのか、それとも狂犬なのかわからないうちは安心なんてできない」

「――――」

伊佐の眼光が怒りを滲ませ、鈍く光る。だが、公共の場で怒鳴ることはなかった。少しは成長したということか。

「とんだブラコンだな。あんたら兄弟はおかしいよ」

「厭なら出ていけ」

あえて伊佐の言葉に反論せず、桐嶋の望みを口にすれば、伊佐はうんざりした様相で頭をがしがしと掻いた。

「なんだそれ」

そうして、やけに自信ありげにまっすぐな目を桐嶋に向ける。

「あのひとに必要なのは、甘やかしてくれる兄ちゃんじゃないだろ」

おまえよりは自分のほうが必要だと言っているらしい。些細なことで喧嘩をして、知則に努力させる男だけのことはある。

「たいした自信なんだな」

皮肉を言ったつもりなのに、伊佐は言葉どおりに受け取った。

「ああ。そういう思い込みは大事だろ？　じゃなきゃ、とてもじゃないがあのひとと一緒になんていられない」

意外な台詞を吐く伊佐を、桐嶋は見返す。

傍若無人《ぼうじゃくぶじん》な男だと思っていたが、伊佐も知則と一緒にいるために努力しているというのか。

「タフな男だ」

桐嶋の嫌みに、気に入らないのはお互いさまだとばかりに伊佐は芝居がかった仕種で頭を垂れる。

「どうも」

「褒めているわけじゃない。俺はおまえが嫌いだと言っただろう」

そう言い放ち、伊佐の横を通り過ぎた。すかさず背中に同じ言葉が投げかけられる。

「俺もあんたは嫌いだよ」

ムカつく男だとこぼし、桐嶋は路肩に停めておいた車に身を滑らせた。

気に入らない男だが、伊佐の存在が、知則を変えようとしているのは事実だ。

子どもの頃、極度の人見知りだった知則は大人になっても孤独を好み、他人を自分のテリトリーに入れるのは稀《まれ》なことだった。

そうなったのは、多分に幼児体験が影響している。

桐嶋と知則は同じＤＶの父親を持ったが、桐嶋は父親を恨み、嫌った。

だが、知則はおそらく、母親が暴力を振るわれるのは自分のせいだと考えていたのだ。そう思わせるような発言があったからだろうが、その後も、悪いことはなにかと自分のせいにする癖がついた。

知則が感情を表に出さないのは、他人に自分の感情を押しつけるのを恐れるためだ。必要以上に自身を抑圧することで、バランスを保ってきた。

そのくせ他人の顔色を人一倍気にする。

やっと心を許せる笹原という存在にめぐり合えたとき、感謝を示そうと知則がどれほど努力をしていたか、桐嶋は傍で見てきた。

健気《けなげ》という言葉では片づけられないほど必死で、胸が痛むほどだった。

それだけに、知則にとって笹原がどれほど大事な存在か。優しい義父という一言では片づけられない。

笹原もそれには気づいていた。

ある日、笹原は桐嶋を呼んでこう告げた。

――彼は、とても不器用で生きていくのが下手《へた》だ。彼が少しでも楽になるよう、手助けをしてくれないか。もちろん、僕もできる限りのことはする。

義父に頼まれたから、知則を気にかけているわけではない。だが、義父のぶんまでという気持ちは働いているかもしれない。

――笹原さんは、失望しないかな。

当時の知則が、たまにぽつりと洩らしていた言葉を思い出す。知則は、笹原に失望されることを誰より恐れていた。

だからこそ桐嶋は、知則がこれ以上苦しまず、安らかに暮らしていければいいと常に思っている。

ハンドルを切り、自宅へと車を走らせた。店に寄ろうと思ったが、気が変わった。

昔のことを思い出したせいか、ひどく胸がざわめく。それは、虫の知らせのような感覚だった。

自宅に着くと、最初に電話をかけた。相手は嵯峨野だ。

嵯峨野個人の携帯電話の番号は知らされているが、よほどのことがなければ利用しない。先日、加治の件でも桐嶋はまず瀬ノ尾に話を通した。

『めずらしいですね』

低い声音が応じる。

「すみません。お知らせしておいたほうがいいかと思いまして」

桐嶋はそう前置きをして、加治の息子が訪ねてきたことを報告した。

「息子自体はただの子どもですが、もしかしたら背後に誰かいるかもしれません。加治のバックについていたやくざが、息子をけしかけないとも限りませんので」

『わかりました。こちらも目を配っておきます』

簡潔な答えが返る。

嵯峨野は常にわかりやすい男だ。イエスかノーか、はっきりしている。

「瀬ノ尾には、誰かつけるつもりですか」

『坊にはずっとうちの若い者をつけているので、心配は無用ですよ』

「——そうですか。大変ですね」

桐嶋が誰に対して「大変」と言ったのか、嵯峨野には正確に伝わったようだ。

『うちのたったひとりの坊ですから』

さらりと、なんでもないことのように言いきる。

桐嶋は、こみ上げる不快感を抑え込まなければならなかった。

「独り立ちはさせないってわけですか」

『独り立ち？』

はは、と故意に嵯峨野は笑い声を聞かせる。

『男と暮らしておいて、独り立ちですか』

侮蔑《ぶべつ》さえ滲んでいて、なにも口にはしない嵯峨野の真意を見たような気がしていた。坊、坊と口では特別扱いしているようで、腹の中では瀬ノ尾を軽んじている。嵯峨野の目には、いい年をして立場もわきまえずに男に現《うつつ》を抜かす不甲斐《ふがい》ない息子として映っているのだろう。

「所帯を持って一人前ですか。嵯峨野さんから見れば、俺も半人前なんでしょうね」

やくざの家に生まれたのは瀬ノ尾の罪ではないというのに。

『きみはひとりでも生きていける男です。誰に頼らなくても』

「瀬ノ尾はちがうと？」

『ええ。あの方はひとりでは生きていけません。誰かの手がなければ。同情しないわけではないが、どうしようもない。背負っているものが、きみとはちがうんです』

これ以上の議論は無駄だった。

瀬ノ尾の家ありきで語る嵯峨野と、瀬ノ尾自身をまず優先してしまう桐嶋の立場では、いくら話そうと平行線だ。

子どもの頃から、いまのように憐《あわ》れまれ、強いられてきたのだとすれば、瀬ノ尾がひとりで生きていこうと思っても無駄だ。周りが許してくれない。

独立できないのは、瀬ノ尾の問題というよりは環境がそうさせないからだ。

電話を切った桐嶋は、瀬ノ尾に同情を禁じえなかった。

瀬ノ尾と知則はどこか似ている。たぶん、根本のところで自分を否定してしまっているところだろう。

本人に自覚はないし、責任もない。否定しなければ、生きてこられなかったのだ。そして、そういう人間に惹かれてしまうのは桐嶋の業《ごう》だった。

生まれもったものなのか、あとから染みついたものなのか自分でもわからないが。

「まったく、よりにもよって――」

桐嶋は、痛みを感じてこめかみを押さえた。

自身の業を恨まずにはいられなかった。

翌日。桐嶋は「mariposa」に向かっていた。

陽一には、いつ顔を出すかわからないと告げたものの気になっていたので、他の店に行く前に回ってみることにしたのだ。

途中で黒いセダンの存在に気がつく。

ナンバープレートは見えない。どこにでもあるセダンだ。だが、一台を挟んでぴたりとついてくる。

桐嶋は何度もルームミラーで確認した。

昨日も同じことがあった。やはり黒いセダンが一台を挟み、ずっと桐嶋の車についてきた。いや、現段階では「ような気がする」だろう。桐嶋の勘違いかもしれないし、昨日と今日の車が同じかどうか現時点では確認できない。

ナンバープレートも運転手の顔も確かめたわけではなかった。

念のためひとつ手前の交差点で速度を落としていったん路肩に停まると、セダンはそのまま通り過ぎていった。

気にしすぎだったか……。

疑心暗鬼になっている己に失笑し、桐嶋はアクセルを踏んで車を走らせた。

店に着いたとき、すでに陽一は桐嶋を待っていた。裏口のドアの前に立ち、桐嶋を見るとまるで飼い主を見つけたペットのような笑顔を見せた。

「やっぱり来てくれたんだ」

桐嶋が今日も顔を出すと踏んでいたようだ。自分を無視できないはずと確信しているのだろう。

「ねえ、見習いでいいからさ、お試し期間をつくってくれない？　昨日あんたもその気にさせてみろって言ったじゃん」

鍵を開け、裏口から入る桐嶋の背後を追いかけてくる。事務室に向かう間も、陽一の口は滑らかに動く。

「その間、バイト代はもちろんいらないし。正直な話、金には困ってないんだよ。あいつ、金は残してくれたから。まあ、本人はもっと生きて散財するつもりだったんだろうけど、予定が狂ったってわけ。会社のことは他のひとにまかせっきりだし、遺産管理は弁護士がやってくれるっていうし、お袋もようやくほっとしたんじゃね？　俺もそう。やっとなにかしたいって思えるようになったんだよ」

事務室のドアを開けた桐嶋は、あとから入ってこようとした陽一の胸に人差し指を押し当て、止めた。

昨日はバイト希望だったが、今日はただの押しかけだ。事務室には、理由がなければスタッフですら入れない。

通ってくるのは陽一の自由でも、受け入れる受け入れないは桐嶋の判断だ。

「そのへんにしておけ」

桐嶋の制止に、陽一はきょとんとした表情で首を傾げる。

「誰が非難しようと、息子であるおまえは言うな。たとえ腹の中はどう思っていても、それを口にしては駄目だ。遺産があるから、おまえもお袋さんも今後なに不自由なく生活していけるんだろう」

桐嶋がこんなことを言うのが意外だったのか、立ち尽くしたまま目を見開いた。ドアを閉める前に、桐嶋はさらに一言付け加えた。

「俺を油断させるための芝居だっていうんなら、別だが」

たとえ油断させようという目論見《もくろみ》があったとしても無駄だ。桐嶋は陽一を信用しない。陽一にその気がないとわかったとしても同じことだ。

いまは行動を起こすつもりがなくても、今後もずっとそうだとは限らない。いつか寝首をかこうとするかもしれない。桐嶋はそういう思考をする男だ。

これだから冷たいと評されるのだろうが、変えられるものではないし、いまのところ変える気もなかった。

足を踏み出したところで、そのドアが勢いよく開く。

陽一が深々と頭を下げた。

「どうか俺を雇ってください。使えないと判断したら、即刻切ってもらっていいです」

初めてまともな言葉を使う。両手を脇につけ、身をふたつに折った陽一を前にして、桐嶋も考え直した。拒絶してもしばらくは通ってくるだろうと放置するつもりでいたが、中に入れるのもいいかもしれない。

万が一、桐嶋に近づくのが目的だったとしても傍に置けばなにかと動向を察知しやすい。本心から働きたいというなら、問題はなかった。

陽一の後頭部を眺める桐嶋の内ポケットで、携帯電話が震えた。相手は瀬ノ尾だった。

思案ののち、通話ボタンを押す。

『桐嶋？　ごめん忙しいときに。嵯峨野から聞いて。桐嶋、大丈夫？』

嵯峨野は、陽一の件を瀬ノ尾に伝えたようだ。身辺に気をつけるよう忠告したのだろう。

「ああ、こっちは何事もない」

『そう。ならいいけど』

「嵯峨野さんは、なんて？」

桐嶋の問いかけに、瀬ノ尾は答えにくそうにひとつ呼吸を挟んだ。

『うちに、戻ってくるようにって』

嵯峨野が言いそうなことだ。

「あのひとも心配性だからな」

無難な言い方を選んだ桐嶋に、瀬ノ尾は賛同しなかった。

『――どうだろ』

いまの「どうだろ」の一言には、言葉では尽くせない感情が滲んでいる。曖昧《あいまい》にごまかしたのは、瀬ノ尾の自己防衛の表れだ。

瀬ノ尾は、自身が瀬ノ尾家の恥だと思っている。いや、嵯峨野や父親がそう思っていると、信じているのだ。

「うまくいってるのか、彼と」

『……そうだね。允也は、根が優しいから』

語尾が掠《かす》れていた。

これ以上会話を引き延ばすのをやめ、桐嶋は「じゃあ」と携帯電話に告げた。

『あ、明日はどの店に出る？』

瀬ノ尾が決まりきった質問をする。電話を切る間際、必ずこの言葉で引き止める。

「彩花だ」

桐嶋は短い返答をした。

『――そうか。久しぶりに俺も顔を出してみようかな』

それにはなにも答えず、通話を切った。

まだその場にいた陽一が、頭を少し上げて上目を寄越《よこ》す。

「弟さん?」

やはり知則の存在も確認済みか。

父親に恨みを持っていた人間を探ったらしいので、当然知則も調査の対象になったはずだ。

桐嶋を選んだのは、単に接触しやすかったからだろう。

「無駄口を叩かず、トイレの掃除でもしろ」

ポケットに携帯電話をしまいながら告げると、

「え、じゃあ」

陽一の顔が輝いた。桐嶋に敬礼して、踵《きびす》を返す。ばたばたと走る足音が鳴り響いた。

「まったく、落ち着きのない」

たとえスタッフ専用の場所でも走らないよう言い聞かせなければ。

開けっ放しのままのドアを閉め、桐嶋はどさりとソファに背中を投げ出した。

4

携帯電話をテーブルの上に置く。桐嶋の声がまだ耳に残っている。

静かで乾いた声。誰にも媚《こ》びず、ひとりで生きてきた人間の声だ。桐嶋の声を聞くと、瀬ノ尾は落ち着かなくなる。

自身との差を思い知らされてしまうからだ。

「電話？」

背中にかけられた言葉に、はっとして振り返る。寝入っているのを確かめてベッドを抜け出したので、いきなり声をかけられて心臓が跳ねた。

「あ、ああ。そう。水を飲みにきて、そのついでに」

冷蔵庫に足を向ける。だが、允也にはわかったようだ。

「桐嶋さん？」

抑揚のない口調で問われ、瀬ノ尾は仕方なく頷いた。

以前、指摘されたことがある。瀬ノ尾は桐嶋相手だと声音が変わるのだそうだ。たぶん、緊張が声音に滲むのだろう。

「よくわかったな」

せめてもと軽い言い方をしたのだが、允也はのってこない。真顔で瀬ノ尾の隣に立つと、冷蔵庫の扉を開けてペットボトルを取り出した。

「水」

「――え」

「飲むんだろ？」

差し出されたペットボトルを受け取る。疚《やま》しさを見透かされているような気がして、允也の視線を意識する。

ペットボトルに口をつけ、冷たい水を一口飲んだ。食道から胃を滑っていく水の心地よさに、喉が渇いていたと初めて気づく。

「優しいって、もしかして俺のこと？」

允也は電話の内容を聞いていたらしい。

瀬ノ尾はペットボトルに目を落として、そうだなと答えた。

「優しいよ。俺にはもったいないくらい、おまえは優しい」

「そっか。そう思ってくれているなら、よかった」

允也が笑みを見せる。けれど、頬がぴくりと引き攣《つ》っていつもの笑顔にはならなかった。

自分でもわかったようで、すぐにまた頬は強張った。

「……允也」

「けど、俺がどんなに優しくしても、聡明は桐嶋さんのほうがいいんだろ？」

「――――」

言葉にされたのは初めてだ。好きな男がいると最初に打ち明けたものの、名前は教えていなかった。

それでもいいからと一緒に住み始めて二ヶ月。允也は瀬ノ尾が誰を見つめているか、察したのだ。

嘘はつけない。その場限りの言い逃れも意味がなかった。

「ごめん」

謝罪した瀬ノ尾の髪に、允也が触れる。優しく撫《な》でたあと首の後ろに手を滑らせて、引き寄せた。

「謝らなくていいって」

抱き寄せられて瀬ノ尾は両手を允也の背中に回し、肩に額をつける。いまきっとひどい顔をしている。それを見られたくなかった。

「本当に優しいね」

瀬ノ尾の言葉に、允也がなにか言いたげに息をつく。だが、いくら待ってもなにも返ってこない。

「允也、俺――」

「しっ。黙って」

開いていた唇を塞がれる。どうせ言い訳しかできなかったので、瀬ノ尾は黙って口づけを受け止めた。

貪《むさぼ》るようにキスをして、瀬ノ尾を求めてくる。允也の熱は、たとえ一時《いっとき》でも瀬ノ尾を癒す。すべてを忘れさせてくれる。

「……允也」

背中をまさぐられ、息が上がった。

「脱がすから、ちょっと離れるよ」

「ん」

密着していた身体の間に允也が手を滑らせ、パジャマの釦を外していく。瀬ノ尾はじっとして前がはだけられるのを待って、自分で腕から抜いた。

あらわになった肩口に唇を押し当てながら、允也はズボンの前もくつろげる。下着の上から触れられて、瀬ノ尾は吐息をこぼした。

「ベッドに」

允也に体重を預けて誘うが、允也は聞き入れない。瀬ノ尾のズボンを下着ごと膝《ひざ》まで下ろすと、足で踏んで瀬ノ尾だけを全裸にする。

「允也」

抗議を込めて名前を呼ぶと、允也は欲望に満ちたまなざしで瀬ノ尾を見つめながらその場に跪《ひざまず》いた。

「ここでいいだろ？」

「でも……っ」

「たまにはいいじゃん」

囁くようにそう言い、瀬ノ尾のものを手で包む。先端に息を吹きかけられて、思わず声がこぼれた。

「……允也」

舌を使われる。根元まで丹念に舐められて、呆気《あっけ》なく勃《た》ちあがった。唇で食《は》まれ、軽く歯を立てられて、快感に腰が揺らめく。

「気持ちいい？」

「……ん」

「もっと？」

もっと強い刺激が欲しくて、瀬ノ尾は頷いた。

「あ、あぁ」

望みはすぐに叶えられ、深く銜えられる。熱い口中に包まれると、立っていることが難しくなる。

さらには後孔を指で撫でられ、瀬ノ尾は胸を喘《あえ》がせた。

「允也……ぁ、いく」

訴えると、允也の愛撫《あいぶ》は激しくなる。唇と舌で扱かれて、我慢できずに瀬ノ尾は背をしならせた。

締めつけられながら達する快感に、内腿《うちもも》が痙攣《けいれん》する。ふらっとよろめいた瀬ノ尾を、允也が支えた。

そのままダイニングテーブルの上に上半身をのせられる。こんなところでと、肩越しに視線で允也に訴えたが、允也にやめる気はなかった。

瀬ノ尾の吐き出したものを手のひらに受け止めると、触れられて疼《うず》いていた後孔にふたたび触れてきた。

「……んぅ」

精液を塗りつけられ、狭間《はざま》を擦《こす》られる。ぞくぞくと寒気に似た感覚が背筋を這《は》い上がったそのタイミングで、指が挿《はい》ってきた。

「あぁ、允也」

浅い場所を撫でられ、中にも塗られる。抽挿《ちゅうそう》されるたび、そこが緩んでくるのがわかる。

「ん、ん……ぁう」

同時に濡《ぬ》れた性器も慰められた。前と後ろを同時に刺激されて、瀬ノ尾はたまらなくなって声を上げた。

「允也……允……あ、あ」

「中、すごい」

「ん、あ……も」

「うん。俺も限界」

ずるりと指が去る。允也は瀬ノ尾の片脚をテーブルにのせると、自身を入り口にあてがった。

息を吐き、允也を受け入れる。允也は瀬ノ尾の背中に口づけながら、瀬ノ尾の中に挿ってきた。

狭い道を抉《えぐ》られる苦痛をやり過ごす。奥まで挿ってしまえば痛みは去る。

「聡明、つらい？」

気遣う言葉にかぶりを振った。允也は一度も止めずじわじわと進んで、瀬ノ尾の奥深くまで満たした。

「挿ったよ。しばらくこうしてるから、平気になったら言って」

どこまでも優しい允也に、瀬ノ尾は中に挿っている允也を促し、締めつけた。

允也に優しくされると、切ない。いっそ乱暴にされたかった。

一方的に允也の優しさに甘えてばかりで、瀬ノ尾はなにも返せないから。

「駄目じゃん、そんなことしたら……っ」

「いい。ひどくしても」

背後で呻《うめ》いた允也は、馬鹿と瀬ノ尾の肩に歯を立てた。

「ひどくなんてできるわけないだろ」

そう言って、緩やかに動き始める。瀬ノ尾の快感を引き出そうと、じれったいほどゆっくり揺さぶる。

「うぁ……ん」

そのうち苦痛はどこかへ消えた。擦られる内壁や奥が熱くて、全身に汗が滲んでくる。

「あ、あ、允……」

「知ってる？」

允也の動きが徐々に大きくなる。瀬ノ尾の腰を掴んで、突き上げてくる。

「聡明、感じてくると背中に汗をかくの。背中、弱いよな」

背骨に舌を這わされて、瀬ノ尾は仰《の》け反《ぞ》った。

「ほら、いま、すごく締まった」

「知らな……そんな」

「うん……でも、俺が知ってる……気持ち、いい、聡明」

突き上げが大胆になる。

瀬ノ尾はテーブルを引っ掻き、声を上げた。

「前……触っ……允也、触って」

瀬ノ尾の懇願に、允也が性器を掴む。激しく腰を使われながら、前を扱かれ、これ以上我慢はできなかった。

「あぅ、いく」

瀬ノ尾は允也の手を濡らし、床を濡らした。内壁がぎゅっと允也を締めつけ、允也が極みの声を上げる。

「俺も……っ」

直後、深い場所で允也の飛沫《ひまつ》を受け止め、その熱さに瀬ノ尾は震えた。

後ろからきつく抱かれる。名前を呼ばれ、頬にキスをされて、瀬ノ尾も允也の腕を強く握った。

「好きだよ」

耳元でそう囁く允也に、瀬ノ尾の返事はいつも同じだ。

「……ありがとう」

瀬ノ尾を好きなんて言ってくれるひとは、允也くらいのものだ。なのになぜ允也を好きになれないのか、自分自身が不思議だった。

「本当に、愛してるから」

それどころか、耳を塞いでしまいたくなる。好きだと言われるたびに、罪悪感ばかりが膨れ上がる。

「そのままそこにいて。後始末するから」

離れていった允也をテーブルに凭《もた》れて見送った瀬ノ尾は、己の身勝手さに自嘲した。

好きになれないのに允也を求めてしまうのは、弱さ以外のなにものでもない。ひとりになるのが怖いのだ。

允也を失ったら瀬ノ尾には誰もいない。だから、瀬ノ尾を許してくれる允也に甘えている。

なんて浅ましいのかと、十分わかっているというのに。

どうしてなのか。どうして桐嶋を思いきれないのだろう。

允也はこれほど優しくしてくれるのに、けっして自分を好きにはなってくれない男を想う気持ちを止められない。

いっそ桐嶋が結婚してくれたらと願ったこともあった。

だが、桐嶋が家庭を持つことはない。昔、本人がそう言っていた。

桐嶋の母親は結婚に二度失敗して、三度目にようやく幸せになったものの、わずか数ヶ月で亡くなった。

不幸な状況で死ぬのと幸せなときに死ぬのは、どちらが本人にとっていいのか。桐嶋が出した答えは、結局死ぬときはひとりだというものだったという。

死には誰もつき合えないのだと。

生き死にを共有しなければならない家庭は苦手だ。愛着がないとわかっているのに家庭を持つのは相手に悪い。桐嶋はそう言った。

特定の相手をつくっても長続きしないのはそのせいらしい。相手が愛想をつかして出ていくそうだ。

ひとりでいる桐嶋に、瀬ノ尾は安堵する。家庭を持ってほしいという気持ちとは矛盾しているが、桐嶋が桐嶋である限り、瀬ノ尾のものにもならないけれど、誰のものにもならない。

本当に勝手だ。

桐嶋と再会してから、まるで真綿で首を絞められているかのような感覚の中にずっといる。

いや、とろ火で燻《あぶ》られているようなといったほうが近いかもしれない。

この身の内に渦巻く思慕は、中から瀬ノ尾を焦がし続ける。

允也を好きになればいいのに。そうすればこの苦しさから逃れられる。

そんな傲慢《ごうまん》なことを願う自分が、瀬ノ尾は嫌いだった。


「それは、どういう意味ですか」

耳を疑い、問い返す。

いつも通り出社した瀬ノ尾《せのお》を待っていたのは、思いも寄らない言葉だった。

デスクにつくや否や呼ばれ、社長室のドアを開けた。

瀬ノ尾の勤める建設会社は、社員十二人の小さな会社だ。営業は瀬ノ尾ともうひとり四十代の先輩のふたりだけしかいない。

基本的にマンションの設計が多く、個人宅でも億の桁《けた》を超える物件しか扱わないせいで、世間的には高級住宅専門という認識だろう。

施主や現場からの信頼も厚い。

三田村《みたむら》は口煩《くちうるさ》いと煙たがられているのだが、それはとりもなおさず、妥協をしないという意味だ。

桐嶋《きりしま》が自身の店に三田村建設を使うのも、なにも瀬ノ尾が勤めている会社だからというわけではなく、三田村建設を信用しているからこそだ。

父親のコネで入った会社だが、あえて気にしないように心がけている。いまでは、自分の仕事にやりがいを感じていた。

それだけに、今朝、開口一番に社長から告げられた言葉は寝耳に水だった。

「実家に――とは、どういう意味でしょうか」

問い返した瀬ノ尾に、社長は普段どおりを装っているが、穏やかな容貌《ようぼう》の下には複雑な感情が見え隠れしている。

「いや、だからね。しばらく実家に戻ってはどうかと言っているんだよ。大変らしいじゃないか。うちのほうは大丈夫だし、せっかくだからしばらくゆっくりしてきたらいい」

「大変――？」

なにか大変なことがあっただろうか。考えて、ひとつだけ思い当たる。昨日の嵯峨野《さがの》からの電話だ。

桐嶋の店に加治《かじ》の息子が現れたので、万が一を考えて実家に戻ってこいという内容だった。まだ相手の目的がわからないうちから、と瀬ノ尾は拒絶したのだが、どうやら裏で手を回したようだ。

嵯峨野の周到さは、瀬ノ尾に劣等感を植えつける。いつまでたっても瀬ノ尾の扱いは変わらない。子どものときのままだ。

腹の中で嵯峨野への怒りを覚えながら、顔には出さず社長の申し出をやんわり辞退する。

「嵯峨野から電話があったんですか？　大変だなんて――大袈裟《おおげさ》なんですよ。そもそも私には関係ないですし」

社長は眼鏡《めがね》を中指で押し上げ、困った様子で眉宇《びう》をひそめた。

「いや、お父さんからだ」

「――父が、ですか」

かっと、頬《ほお》が熱くなった。いくら友人関係だとはいえ、三十にもなった息子の上司に電話をして頼むなんて、どれだけ瀬ノ尾に恥をかかせれば気がすむのか。

嵯峨野ならばまだ我慢ができる。嵯峨野が瀬ノ尾に構うのは、組の嫡子《ちゃくし》だからという理由だ。でも父ならそういうわけにはいかない。

父の場合は、いまだ半人前の息子を案じていることになる。

唇を嚙《か》み、父への嫌悪を募らせる。

いつもそうだ。瀬ノ尾には相談せず、なんでも勝手に決めてしまう。

「――すみません。父が馬鹿なことを。父には私から言っておきますので」

不快な気持ちを抑え瀬ノ尾が作り笑いでそう告げると、社長は広い額《ひたい》を掻《か》いた。本気で困っているのだ。

半人前の男を仕方なく受け入れたばかりに――と、内心迷惑に思っているのかもしれない。

「まあ、親というのは得てしてして心配性なんだ。ここは親父さんの気持ちを汲《く》んで、自宅に戻ってはどうだね」

「――でも、私が抜けたら、営業の仕事が」

ひとりではこなせる仕事ではない。なにより迷惑をかける。

社長は大丈夫だと肩をすくめた。

「どうにかなるだろう。瀬ノ尾くんは心配しなくていいから」

「――」

瀬ノ尾のために言ってくれた言葉だ。余計な心配をかけまいと気を遣ってくれたのだ……。

だが、いまの瀬ノ尾はとても好意的に受け取れなかった。

瀬ノ尾になんと返せるだろう。恥ずかしくて、情けなくて、社長をこれ以上困らせないようにする以外、できることはなかった。

「……わかりました」

瀬ノ尾の返事に、社長が愁眉《しゅうび》を開く。

「ご心配おかけしてすみません」

瀬ノ尾は眼を伏せ、一礼すると半身を返した。一刻も早く立ち去ってしまいたかった。

「ああ、瀬ノ尾くん」

呼び止められてその場に留《とど》まる。このうえなにがあるのかと、社長に罪はないものの硬い表情で戻った瀬ノ尾に、社長は申し訳なさそうに上目を向けてきた。

「さっきも言ったが、うちのほうは構わないから、いい機会だと思ってゆっくり休みなさい。今日も、帰っていいよ」

もうなにを言われても動揺しないと思っていた瀬ノ尾だが、いまの台詞は瀬ノ尾の自尊心を厭《いや》というほど傷つけた。

まだ自尊心なんてものがあったことにも驚くが。

おまえなど、いてもいなくても同じだと言われたも同然だ。実際そうなのだろうが、面と向かって告げられると情けなくなる。

「……そうさせていただきます」

抑揚のない口調で答え、瀬ノ尾は足早に社長室を辞した。自分のデスクに戻ると、鞄《かばん》を摑《つか》んだ。

「瀬ノ尾くん、どうしたの？」

隣席の同僚が怪訝《けげん》な顔をする。

「なんでも――」

なんでもないと答えて笑おうとしたが、頬がぴくぴくと引き攣《つ》りできなかった。

叫び出したい気持ちだった。どいつもこいつも馬鹿にするなと、大声を出したい衝動に駆られる。

だが、それをしてもどうしようもないと瀬ノ尾は誰より知っていた。

「すみません。帰ります」

なんとかそれだけ言い残し、背を向ける。

この場に留まっていたくなかった。

疎外感といえば、甘いと父に叱《しか》られるだろう。けれど、他になんと表したらいいのか、瀬ノ尾にはわからない。小さな頃からずっと心の隅に巣くっていた疎外感――寂寥《せきりょう》感が、身体《からだ》の中いっぱいに広がる。

どこにもおまえの居場所はないと、はっきり通告されたような気がしていた。

自分など、いてもいなくても同じだ。いや、社長にしてみれば、確実にいてもらっては困る存在なのだ。

事務室を出て駅に向かう途中で、允也《みちや》に電話をかける。

『はい。瀬ノ尾です』

コール三回で屈託のない声音が耳に届き、瀬ノ尾は一瞬口ごもる。自宅で家事をしてくれる允也を養っているような気分になっていた。

せめてそれくらいは、と無職の允也に対して、ずっと無職でいてくれたらいいと内心思っていた。

必死で築いてきたものが、がらがらと音を立てて崩れていく。瀬ノ尾に他人の生活の面倒を見られるはずがない。

父親の一言で職を失うような男に、なにができる？

『聡明《としあき》だろ？　なにかあった？』

携帯電話越しでも気遣いが伝わってくる声音で、允也が問う。一度深呼吸して、瀬ノ尾はことさら明るい声を絞り出した。

「いや、べつにたいしたことじゃないんだけど——じつは、ちょっとの間実家に帰らなきゃいけなくなったんだ」

允也がなんと答えるか。なんでもないと言っても、きっと瀬ノ尾を案じて根掘り葉掘り聞いてくるだろう。

どうやって説明しよう。允也に余計な心配はかけたくない。

『そう。わかった』

「――――」

予測していなかった返答だった。拍子抜けしたというよりは、あっさり受け入れられたことに瀬ノ尾のほうが戸惑った。

どう言えば允也をうまく納得させられるかと思案していたが、その必要はなかったらしい。

「……允也、俺」

『最近聡明、疲れてるみたいだから。それに、親父さん、体調崩してるんだろ？　たまには親孝行してきなよ』

父親の風邪がすでに治っていると瀬ノ尾は允也に話している。なのに允也はどうしてなにも聞いてこないのか。

ちょっとの間というのがどれくらいの期間になるのか、それすら問わない。

『俺、おとなしく待ってるからさ。あ、一度こっちに帰ってくるんだろ？　荷物とかあるもんな』

普段通りの明るい口調に違和感を覚える。苦しい言い訳をしなくてすんだと、ほっとすべきなのかもしれないが。

「あ、うん……それじゃあ」

引き止められることなく、瀬ノ尾は通話を終えた。

先日、父親の見舞いに実家に戻ったときも允也は特に反対しなかった。休日に数時間顔を出すだけだから——瀬ノ尾がそう説明したからだと思っていた。

長さは関係なかったらしい。

何日留守にしようと、允也はなにも聞かないということだ。

反対されたら困ったのだが、反対されないとは少しも思っていなかった。いつ戻ってくるとも言わなかったのに、允也には瀬ノ尾がそのまま戻らないのではという危惧《きぐ》はないのか。

それとも、戻らなくてもいいということか。

「…………」

取り留めのない思考に、ストップをかけた。

馬鹿らしい。

なにを疑心暗鬼になっているのか。瀬ノ尾の事情をすべて受け止めて、それでも「好きだ」と言ってくれて一緒にいてくれる人間など、允也以外にはいないというのに。

ちょっとしたことで引っかかるなんて、どうかしている。

駅に着いた瀬ノ尾は、腕時計で時間を確認した。

まだ九時すぎだ。マンションに戻って荷物をつくるといっても、一時間もかからない。お昼には瀬ノ尾の家に着いてしまう。

家に戻れば、ただの居候だ。三十にもなる男を、なんの疑問もなく「坊《ぼん》」と呼ぶ中でしばらく生活しなければならない。

あの家での役割は「坊」以外ないから、瀬ノ尾は一日じゅうぼんやりと過ごすのだ。

こめかみを指で揉《も》んだ瀬ノ尾は、行き先を変更した。自宅方面ではなく、反対方向の電車に乗る。

瀬ノ尾の周囲で、ただひとり瀬ノ尾を気遣わず、腫《は》れ物扱いしない男の顔がむしょうに見たくなった。

会いにいく理由はちゃんとある。いまなら、加治の息子の様子を聞くというもので十分だ。実家に戻ることになったと報告も一応しておいたほうがいい。

あとは、ほんの少しの愚痴。

桐嶋なら、瀬ノ尾の愚痴を聞き流してくれる。桐嶋は、文句を言っても仕方がないと窘《たしな》めない代わりに、同情もしない。

そのうち、愚痴を並べるこちらがどうでもよくなってくる。

なにより、桐嶋の「瀬ノ尾」と呼ぶ声が聞きたかった。

電車を乗り継ぎ、一時間ほどで目的の駅に着く。桐嶋の住むマンションまでは、徒歩で十分ほどだ。

桐嶋が現在の場所に引っ越しをしたのは、一年ほど前。ちょうど桐嶋の義父が亡くなった直後だった。

前の部屋が手狭になったからだと桐嶋は言ったが、おそらく、弟のマンションに近いからだと瀬ノ尾は推測している。

なにかあったとき、以前のマンションでは遠すぎた。

正面玄関で、桐嶋の部屋番号を押す。

すでに十時を過ぎているので寝てしまっただろうか。昼夜逆転の生活をしている桐嶋は、十時前後から昼の二時くらいまで睡眠をとる。

一日四時間も眠れば十分らしい。高校のときからずっとだ。

『瀬ノ尾か』

桐嶋の声が返ってきた。ぶっきらぼうで、不機嫌そうなところをみると寝入り端《ばな》だったか。

「ごめん。邪魔なら帰るけど」

『起こしておいて邪魔もなにもない』

桐嶋らしい返答をして、瀬ノ尾を中に招く。正面玄関から入った瀬ノ尾は、エレベーターを使って十五階まで上がった。

三ＬＤＫの家賃は五十万を下らないだろう。リビングなど、三十畳という広さだ。いっそ賃貸ではなく購入してはどうかと提案したこともあるが、賃貸で十分だと桐嶋は答えた。またいつ変わるかわからないからだそうだ。

――店を何軒も持ってるくせに、根無し草みたいだな。

揶揄《やゆ》した瀬ノ尾に、桐嶋は「ちがいない」と肯定した。根無し草が性《しょう》に合っているとも言った。

そのとき瀬ノ尾は心底桐嶋を羨《うらや》ましいと思った。

桐嶋は何事にも執着せず、誰にも束縛されず、自由だ。瀬ノ尾とはまるでちがう。自身の力で立ち、思いのままに生きている桐嶋に憧《あこが》れずにはいられない。

――地に足がつかないってことだ。

そう桐嶋は苦笑するが、それでも、瀬ノ尾から見れば大空を飛ぶ鳥も同然だった。地を這《は》うばかりの自分には、眩《まぶ》しく映る。

「お邪魔します」

ドアの鍵はすでに開けられていたので勝手に入って、瀬ノ尾はその足をまっすぐリビングに向けた。

桐嶋の姿はない。耳をすますと、バスルームから水音が微《かす》かに届いてきた。瀬ノ尾は鞄をソファの上に置き、キッチンに立つ。

湯を沸かし、コーヒーの準備をする。

ちょうど淹《い》れ終わった頃、Tシャツとラフなパンツを身につけ、髪を拭《ふ》きながら桐嶋が現れた。

「おまえ、無用心だって。俺が強盗だったらどうするつもり？」

呆れる瀬ノ尾に、

「どう見たって強盗じゃない」

こともなげに答える。

ソファに腰かけると、ローテーブルの上の煙草《たばこ》に手を伸ばしながら桐嶋は朝刊を広げた。

瀬ノ尾がいようがいまいが、いつもと同じだ。

瀬ノ尾はようやく息をつき、両手にカップを持ってソファに歩み寄った。

「最近はどう？　店は繁盛してる？」

遠慮せずに話しかける。

「そこそこだな」

「嘘《うそ》つけ。儲《もう》かってるくせに」

新聞から目を上げず答えた桐嶋にそう言ってやると、否定せずに肩をすくめた。

いつだったか。確か桐嶋が五軒目の店を出すことになったとき。

——生き急いでますね。

そう言ったのは嵯峨野だった。

桐嶋の返事はよく憶《おぼ》えている。

――なにがあるかわかりませんので。

ふたりともたぶん冗談ではなかった。桐嶋は先の安定を信じていないし、生き急いで見えるのも確かだ。

カップに口をつけ、桐嶋を窺《うかが》う。

出会った高校生の頃から無駄口を叩《たた》かない男だったが、いまは昔より口数は増えた。もっとも、努力して増やしているようだ。十代から夜の街で生きてきた桐嶋だから、多少の方便や無駄口は必要だと自分で判断したのだろう。

瀬ノ尾の他愛《たわい》のない話につき合ってくれるのは、それとはちがうとうぬぼれている。古い仲だから。

そう桐嶋が思ってくれていればいいと、これは瀬ノ尾の願望だ。

桐嶋はなにも言わない。黙って煙草を吹かし、瀬ノ尾の淹れたコーヒーに時折手を伸ばし、朝刊に目を通している。

「俺さ」

瀬ノ尾は、コーヒーに目を落としたまま切り出した。

「しばらく実家に帰らなくちゃいけなくなった」

できる限り普通に言おうと思ったが、やはり愚痴っぽくなってしまった。心中で舌打ちする。

昔から格好悪い場面ばかりを見られてきたのでいまさらだと思うのだが、格好悪いところはひとつでも少ないほうがよかった。もっとも、うまくいったためしはないが。

「会社にも来なくていいって言われたよ。なんだかな。もう、やってられないって感じ」

開き直ってため息をこぼす瀬ノ尾に、桐嶋は煙草の灰を指で弾《はじ》いて落としながら、軽く首を傾けた。

「加治の件でか」

「というか、それを利用したんじゃないかな。允也と引き離したいだけなんだと思う」

強引に反対しないからといって、男と暮らしている瀬ノ尾を父や嵯峨野が許しているはずがない。

きっかけがあれば家に連れ戻そうと考えても、なんら不思議はなかった。

「いいかげん放《ほう》っておいてほしいよ。三十にもなった息子なんかあきらめればいいのに。なんだか、遠くにでも行きたい気分だな。親も組も関係ないところ」

できもしないことを口にする。三十の男が家出なんてぞっとしない。瀬ノ尾の場合は、なにもかもが手遅れだ。

迷っているうちに三十になってしまったのは自業自得だろう。

「三十にもなった、か」

桐嶋が、くすりと短く笑った。

なんだよ、と上目で睨《にら》む。完全に愚痴だったと自覚があるだけに、面白くなかった。

朝刊を畳み、脇《わき》に置いた桐嶋はさも可笑《おか》しそうに煙草を持っている手をひらひらとさせた。

「何度その台詞《せりふ》を聞いたか」

「その台詞？」

ああ、と肩をすくめる。

「二十五にもなって、二十七にもなって」

桐嶋の言いたいことがわかって、顔が赤らむ。瀬ノ尾はいろんな場面で桐嶋に愚痴ってきたということだ。

「悪かったよ。でも、笑わなくてもいいだろ。こういうときは、知らん顔してくれるべきだって」

鼻に皺《しわ》を寄せて抗議するが、桐嶋はやめない。

「おまえはきっと三十五にもなって、四十にもなってと言うんだろうな」

そんな洒落《しゃれ》にもならない未来を予測する。

「四十五にもなって、五十にもなってって？　うわ、最悪だな、俺」

「けど、言いそうだろう？」

否定できず、唸《うな》る。

想像すれば、いかにも瀬ノ尾が言いそうだ。いくつになっても桐嶋に愚痴っている自分が容易《たやす》く想像できる。

「俺、変な奴だ」

自分に呆《あき》れてそう言えば、煙にむせたみたいに桐嶋が笑い、それがあまりに愉快げなので瀬ノ尾も一緒になって笑った。

「中年男が愚痴る姿なんて、絵にならないよなあ。そう考えると、気の毒なのは親父ってわけか。六十五の親が、四十の息子の心配をしなきゃならないんだし」

もっともだと桐嶋が同調する。

「あと、桐嶋もだ。四十男の愚痴を聞かされるんだから」

桐嶋はそのときまだ傍《そば》にいてくれるだろうかと、ふと思う。呆れたりせず、瀬ノ尾の愚痴につき合ってくれるだろうか。

「そのときは俺も四十だ」

「――そうだな」

十五歳のときは四十の自分なんて想像できなかった。もとより、桐嶋とこれほど長いつき合いになることも。

だが、いまは簡単だ。四十の自分は想像できるし、四十になっても桐嶋が傍にいてくれた

らいいと心から願う。

瀬ノ尾は、コーヒーカップを置いた。

「ありがとう。愚痴聞いてくれて。すっきりした」

鞄を手に立ち上がる。

「家には今日戻るのか」

「そう。いまから手近な荷物だけまとめて」

「彼は――」

瀬ノ尾は、踏み出そうとしていた足を止めた。

桐嶋の言う「彼」とは、允也のことだ。桐嶋から允也の話題を振るのはめずらしい。

「允也？」

なんだろう。怪訝に思い瀬ノ尾から切り出せば、桐嶋にしてはめずらしく言いあぐねる。

「いや、なんでもない」

いったいどうしたというのか。言いかけてやめるなんて、桐嶋らしくない。

「なんだよ。気になるだろ？」

食い下がる瀬ノ尾の前で、桐嶋は短くなった煙草を灰皿に捩《ね》じ入れると、すぐに二本目に手を伸ばした。

「嵯峨野さんと彼は、面識があるのか」

火をつけながらの問いかけはあまりに唐突で、瀬ノ尾は桐嶋を窺う。特に変わった様子はないが、なぜそんなことを聞くのかわからなかった。

「……ないけど。嵯峨野がうちに来たことはないし、允也を瀬ノ尾の家に連れていったこともないから——なに。どうしたんだよ」

反対に質問すると、桐嶋はぬるくなったコーヒーを飲み干した。

「単なる好奇心だ。やけに物分かりのいい奴だから、嵯峨野さんに脅されてるのかと思った」

「——なにそれ」

桐嶋が允也に関心を示すとは思わなかった。が、允也が嵯峨野に脅されているなんてありえない。

「脅す気なら、嵯峨野は初めから『坊に近づくな』って脅すよ」

中途半端な脅し方はしない。素人相手ならなおさら、脅すくらいなら近づけない方法を選ぶだろう。

もっともだと桐嶋は頷《うなず》く。

「嵯峨野に脅されたら、允也なんて泣いちゃうかも」

「俺でも泣くな」

真顔でそう言った桐嶋に、瀬ノ尾は肩をすくめ、それじゃあと一言だけでリビングを離れた。

桐嶋は軽く片手を上げただけだった。

次に会う約束はしない。

会いたくなれば店に行くなり、今日のように自宅を訪ねるなりすればいつでも会える。再会してから五年、桐嶋はそれを瀬ノ尾に許してくれている。

たとえ、自分の店が組のシマにあるからという理由だとしても構わなかった。理由なんてどうでもいいのだ。桐嶋がずっと瀬ノ尾を受け入れてくれることが、瀬ノ尾には大事だった。

桐嶋のマンションを出ると、予定通りいったんマンションに戻り荷物をまとめてから実家に戻った。

どこに行ったのか、允也はいなかった。もしかしたら湿っぽい雰囲気になるのが厭で、パチンコにでも行ったのかもしれない。

書き置きを残そうかと一瞬考えたものの、やめておいた。今生《こんじょう》の別れでもあるまいし、かえって心配させるだけだ。

ボストンバッグひとつで戻った瀬ノ尾を迎えたのは、組の若者だ。荷物を彼に預け、そのまま和室へと案内される。

父がよく訪問を受ける際に使う部屋だ。

客人扱いなどしてくれるはずがないので、何事かと不審に思う。込み入った話でもあるのだろうか。

畳の縁の金糸を見つめながら瀬ノ尾が正座して待っていると、飛び立つ鶴《つる》の描かれた襖《ふすま》が開いた。

「よく戻った」

父は和装の裾《すそ》を捌《さば》き、上座に置かれている座椅子《ざいす》に座る。

五十五になったばかりだが、それなりに苦労をしてきたのか、短く刈られた頭髪には白いものが目立つ。もう二、三年もすれば真っ白になってしまうだろう。

若いときから体格はよかったが、いまは昔の比でなく貫禄《かんろく》がある。実際よりも大きく見えるのは、姿勢がいいせいだ。

瀬ノ尾は両手を畳につき、深々と頭を下げた。

「このたびはご心配いただきありがとうございます。ご面倒かけて申し訳ありません」

棒読みで告げる。父も、胸中と口がちがうことくらい承知している。

「よく勤めているそうだな。おまえのことを、真面目《まじめ》で周囲の評判がいいと褒めていたぞ」

「どうも」

真面目に働いていたのに、あっさり休暇を言い渡されたのは誰のせいだと反感がちらりと芽生える。もっともその程度だったのだと言われれば反論のしようもないが。

「それで、今回はどのような理由があって、俺にまで害が及ぶと判断されたのでしょう」

当てこすりに聞こえればいいと皮肉を込めて水を向けた。どう口で説明されようと納得できるとは思えないので、本来は理由を聞いても仕方がないのだが、一応耳には入れておきたかった。

もし加治の息子や背後のやくざがなんらかの報復を考えているならば、瀬ノ尾自身より桐嶋のほうが間違いなく危険だ。

ターゲットとして桐嶋ほど狙《ねら》いやすい相手はいない。桐嶋は、やくざではないが一般人ともいいがたい男だから。

「害？　ああ、加治の件か」

まるで二の次だと言わんばかりの、ぞんざいな口調だ。瀬ノ尾が呼び戻されたのは、他の理由だと確信した。

思ったとおり、加治の件を利用したのだ。

瀬ノ尾は膝《ひざ》に置いた手を握り、父親を見据えた。

「その件でなくて俺になんの用ですか。わざわざ会社まで休ませるくらいだから、よほどのことなんでしょうね」

きつい口調で問えば、父は、誰もが畏怖《いふ》するという鋭い眼光で瀬ノ尾を射抜く。父にしてみれば本来の威力の半分も発揮していないだろうが、瀬ノ尾は、これからの話がけっしていいものではないとその表情で察した。

「おまえに、縁談がある」

だが、まさかこんなことだったとは。

瀬ノ尾は耳を疑い、次になんの冗談だと笑い飛ばした。

「俺が結婚できないことは、あなたも厭というほどご存じでしょう。もしお忘れだというなら、あなたが知るきっかけになった話をしましょうか」

ゲイであることをずっと隠していたが、二十七歳のときに父親に打ち明けた。父に話せば嵯峨野にも筒抜けになるが、隠してはおけなかったのだ。

縁談話が持ち上がり、これまでのようにその気がないと軽く断った。が、そのときばかりはちがった。

相手が、当時瀬ノ尾組と一触即発かと噂《うわさ》されていた同系列の組だった。しかも、力関係も同等。万が一深刻化すれば、周囲を巻き込んでの大事となっていたのは必至だ。

系列のいざこざを本家は嫌がる。ここは縁を結んで——と、誰が言い出したのかは知らないが、そういう話になった。

できるならば自身の秘密を秘密として墓まで持っていきたかったがそうもいかず、瀬ノ尾は父親に告白した。

俺はゲイだから結婚できない、と。

それからは毎日、戦争みたいなものだった。最初は頑《かたく》なに信じなかった父に、瀬ノ尾は隠し持っていたその手の雑誌を見せ、過去の遍歴も話した。

恥ずかしいなんて言っている場合ではなかった。縁談がまとまってからでは手遅れなのだ。果ては男まで家に連れ込んで、ようやく父を信じさせたというわけだ。

嵯峨野が説得して終わりにしてくれたらしい。その頃には組員の間でも噂にのぼっていたので、これ以上揉めるのはよくないと父に訴えたのだという。

縁談は、結局、瀬ノ尾が病弱だという理由をつくって従弟《いとこ》が身代わりになった。

あのときの恥を、父親もくり返したくないはずだ。

「憶えている」

父は当時を思い出してか、渋い顔をした。濃い眉に不快さを滲ませる。

「だが、今度は先方もおまえの病気を承知だ」

病気持ちにされているのか、と内心で吐き捨てながら、瀬ノ尾は軽い調子でかぶりを振った。

「病気でセックスできない男でもいいって言われたんですか？　そんな男に娘をやろうって？　どこの組ですか、それは」

父は、組の名を告げた。

何度か挨拶に来たことのある、格下の組だ。

「確か、そこの娘さんって、半年くらい前に結婚されたんじゃなかったですか」

相手はとある会社の重役だと聞いた。ゆくゆくは会社を継ぐ立場にあるというのではなかったか。

「返されたらしい」

父はいったん言葉を切る。父が言い渋るなどよほどのことだ。

「――腹に子がいたようだ」

「……腹に」

その意味に気づくのに、数秒を要した。子ができたなら、おめでたいことだと単純に考えたのだ。

が、当然真相はちがう。

「他の男の子を身ごもっていながら、黙って結婚したらしい。当時は子がいるとは知らなかったというが、とにかく先方はカンカンで、すぐさま離縁となったようだ」

「……そうですか」

他人事のように答えたが、もとより他人事ではない。ようするに、厄介者同士をくっつけてやろうと画策したということだ。ゲイの息子と、他の男の子を宿した出戻りの娘では、お似合いだと判断したにちがいない。

「――もしかして」

風邪をこじらせたからと瀬ノ尾を呼んだとき、父の傍には見慣れない女性がいた。新たに雇った家政婦にしては若いので、父の愛人のひとりだろうとさほど気にしていなかった。

彼女がまさか。

「先日の方ですか」

「そうだ」

確信しながらの問いだったが、あっさり認められると返す言葉もない。

怒りなど湧《わ》かなかった。父を見つめ、ただ、情けないだけだった。

「俺は、そんなに邪魔ですか」

三十の息子が五十五の父親にする質問ではないと知りつつ、口をついて出る。母親が存命だったら、いまの状況をどれほど嘆いただろう。それを思えば、早死にしてよかったのかもしれない。

「そうではない」

父は眉間《みけん》に深い皺を刻んだ。

「だが、おまえもこのままではいられないとわかっているはずだ」

「このままではいられない？」

危うく噴き出すところだった。まるで息子の身を案じる普通の親のような台詞だ。

「このままって、男と暮らしていることですか。でも、俺が男が好きだっていうのは変わりませんよ。たとえ結婚したとしても、男を漁《あさ》りに出歩く夫になるでしょうね」

故意に父が厭がる言い方をした。

案の定不快感もあらわに、父は瀬ノ尾を険しい双眸《そうぼう》で威嚇してきた。

「俺は事実を言ってるだけです。あなたは病気だと思いたいみたいなのでそれでもいいですが、不治の病ですよ？」

このままの状態でいられないのは、瀬ノ尾が一番よくわかっていた。

允也と添い遂げられるなどと都合のいい夢は見ていないし、そもそも自分が誰かとずっと暮らしていけるとも思っていなかった。

友人と一緒に暮らしているという周囲に対する言い訳もいったいいつまでもつか、保証はない。

自分を取り巻く状況はちゃんとわかってはいるが、だからといって結婚なんて問題外だ。

相手を不幸にするのははっきりしているのに、たとえ形だけとはいえどうしてできるだろう。

瀬ノ尾は、膝の手を畳に落とした。

「父さん」

父親を「父さん」と呼ぶのは久しぶりだ。

「あのひと」「あなた」ずっとそんなふうにしか呼んでこなかった。

「縁を切ってください。俺の存在は、瀬ノ尾の家にはお荷物でしかない。組員が陰でなんと言っているか、知っているでしょう。少しでも俺のことを思うならお願いします」

額を畳に擦《こす》りつけて懇願する。

瀬ノ尾が、組という重い荷を背負っているのではない。瀬ノ尾が荷になってしまっているのだ。

目的があったから堪《た》えられた。いざというとき桐嶋の役に立ちたいと思ってきた。けれど、縁談となれば別だ。瀬ノ尾の自己満足で先方に迷惑をかけるわけにはいかない。いっそ病気だったら治るのにと、誰より瀬ノ尾自身が思っていた。

「どうか、お願いします」

頭を下げ続ける瀬ノ尾に、父の返答はない。大きく息をつくと腰を上げ、乱暴に襖を開けた。

「縁談の件、進めておくぞ」

容赦のない言葉を浴びせて、瀬ノ尾の前から去っていった。

「……どうして」

畳に爪《つめ》を立て、歯噛みする。口の中に血の味が広がり、その生臭さに吐き気を覚えた。

どうしてなのか。どうすればいいのか。

瀬ノ尾にはなす術《すべ》がない。なにをしても、周囲に迷惑がかかる。

無力だという意味では赤子と同じだ。心の中で、誰か助けてと叫ぶ以外、なにもできない。

顔を上げた瀬ノ尾は、ゆらりと立ち上がった。

和室を出て、奥の階段に足を向ける。二階に上がってすぐの部屋が、子どもの頃から瀬ノ尾がひとりで過ごしていた、この家で唯一息が抜ける場所だ。

家を出てすでに五年。いまだこの部屋が残してあるのが、瀬ノ尾の立場を表している。

どれほど久しぶりでも、懐かしさを感じないどころかまったく違和感なく馴染《なじ》んでしまえる自分にも問題があるのだろう。

「あ、鞄です」

階段の下で待っていた青年が、鞄を差し出す。礼を言って受け取った瀬ノ尾は、一段目に足をかけたところで、なにげなく中庭に目をやった。

松の傍に立つ、スーツの背中。枝の陰になって顔はよく見えない。なぜか気になって、数歩後退《あとずさ》りして確認した。

スーツの背中の主は嵯峨野だったのだが、瀬ノ尾の気を引いたのはそれではなかった。

嵯峨野と一緒にいたのは、允也だった。

允也は少し興奮ぎみに嵯峨野になにか訴えている。

驚いた。允也が瀬ノ尾の実家を訪ねたことは一度もない。しかも、若頭《わかがしら》である嵯峨野が応じるなんて普通ならば考えられないことだ。

ふたりの様子を、窓越しに窺う。声が聞こえないのがもどかしい。

いったいなにを話しているのか。

允也が、苦渋の表情で黙り込む。話はついたようだ。どうにも気になってじっとしていられず、瀬ノ尾は窓を開けた。

先に允也が瀬ノ尾に気づく。あからさまに動揺した。

振り返った嵯峨野は特に表情は変えず、坊、といつも同様低い声音で瀬ノ尾を呼んだ。

「允也……出かけたと思ってたんだけど……うちに来てたんだ？」

なにかがおかしい。瀬ノ尾を案じて来てくれたと、どういうわけか思えない。

嵯峨野と允也の間で、何度も視線を行き来させる。

「俺が留守中に出たから？　ごめん。いないときのほうがいいと思って——嵯峨野は、なにか允也に用でもあるのか。わざわざおまえが応じるなんて」

捲《まく》し立てるように矢継ぎ早に問いかけるものの、答えが欲しかったわけではない。むしろどちらにも答えてほしくなかった。

嵯峨野と允也のふたりを前にして、もやもやと胸に湧き上がる疑問が瀬ノ尾を不安にさせる。

事情を聞くべきだと思う一方で、聞いてはいけないような気がした。

「お——俺は、一週間くらいはここにいなきゃいけないみたいだけど、できるだけ早くそっ

ちに戻るから。心配しないで待ってて」

結局、瀬ノ尾は自分で答えを出す。

允也は瀬ノ尾を案じて家まで来てくれて、たまたま若い衆が近くにいなくて嵯峨野が居合わせた。

允也が瀬ノ尾の相手だと知っている嵯峨野が、組員の目につかないように中に引き入れ中庭で応対していたところを偶然瀬ノ尾が見かけてしまった。

きっとそうだ。

納得できる筋書きを考えついて、窓を閉めようとした瀬ノ尾を嵯峨野が引き止める。

窓ガラスに指の跡を残してしまった。汗をかいているのだ。今朝磨いただろうに、通いの家政婦の手を煩わせるのは気の毒だ。

瀬ノ尾はジャケットの袖《そで》で手の跡を拭く。

「坊」

嵯峨野がこちらにやってくる。允也は立ち去らず、黙って足元を見つめている。

「今日は、暑いな」

すでに手の跡は消えているというのに、同じ場所をしつこく拭く。

嵯峨野が次になにか言ってきたら、煩いと返してこの場を立ち去ろう。呼び止められても今度は無視して、階段を上がる。瀬ノ尾の部屋まではさすがの嵯峨野も追いかけてこないはずだ。

「坊、私が允也を呼び戻したのです」

「――――」

だが、瀬ノ尾の足は動かなかった。煩いとも言えなかった。

「もう二ヶ月。坊もそろそろ気がすんだのではないですか」

――嵯峨野さんと彼は、面識があるのか。

桐嶋の言った言葉を思い出す。

桐嶋も薄々気づいていたのか。それなら、なにも知らなかったのは、瀬ノ尾ひとりだったことになる。

「……どういうこと？　嵯峨野と允也は知り合い？　二ヶ月って……」

嵯峨野はなんの言い訳もしない。それが、瀬ノ尾の疑問を肯定しているも同然だった。

嵯峨野と允也は面識があり、いまのやり取りから判断すると瀬ノ尾よりも嵯峨野とのつき合いが長そうだ。

「……なに、それ。縁談がまとまるまで、束《つか》の間夢を見させてやろうって？　それとも、俺がなにか仕出かさないか、見張るため？」

ちがうと言ってほしかった。なにを勘違いしているのか、と。

だが、瀬ノ尾の希望は叶《かな》わず、嵯峨野は眉《まゆ》ひとつ動かさずに冷淡なまなざしを瀬ノ尾に向けるだけだ。

允也は顔を上げもしない。

「俺――ぜんぜん、気がつかなかった」

己の間抜けぶりを瀬ノ尾は笑うしかなかった。どんな顔をしたらいいのかわからなかったし、いっさい疑わなかった自分が滑稽《こっけい》だった。

「俺は――っ」

允也が掠れた声を絞り出す。

「俺は、本当に」

「黙れ」

言い訳など聞きたくなくて、瀬ノ尾は允也を見ずに拒絶した。

「俺のことは、放っておいてくれ」

允也が優しいのは当然だった。瀬ノ尾の望みをなんでも聞いてくれるのは、嵯峨野にそうしろと命じられていたからだ。

允也の意思ではない。

これ以上嵯峨野と允也を前にしていたくなくて、踵《きびす》を返し、玄関へ足早に向かう。

家を出て表通りでタクシーを捕まえると、半ば無意識のうちに「彩花《さいか》」の場所を告げていた。近くなってから、まだ開店には時間が早すぎたと気づく。行き先を変えざるを得なくなった。

「mariposa《マリポサ》」なら昼間から開いている。ホストクラブが果たして男ひとりを受け入れてくれるかどうかわからないが。

酒を飲める場所が、桐嶋の店しか思いつかないというのも情けない。

昼間の繁華街は静かだった。

華やかなネオンで彩られる街には、陽の光が似合わない。雑多な楽屋裏を見せられている気がして、瀬ノ尾の頭も少しだけ冷えた。

タクシーを降り、店の前に立った瀬ノ尾は、こんなところに来て自分がなにをしたかったのかと我に返る。

桐嶋に会いにきたのか、それとも単に酒が飲みたかったのか。

「お客さん？」

背後からの声に、瀬ノ尾は振り返った。

二十歳前後の若い男だ。これから勤務に入るホストなのだろう、着ているものこそシャツとジーンズという軽装だが、容姿には華がある。

「いや、俺は——」

帰ろうとしたが、若者が瀬ノ尾の腕をとり引きとめた。

「せっかく飲みにきてくれたんだろ？　うち、男ひとりでも大丈夫だから。たぶん」

「……たぶん？」

男は笑顔で頷いた。

「俺、まだ見習いだから、そこんとこはよく知らねえの。けど、うちのオーナーなら男じゃ駄目なんて野暮は言わないんじゃね？」

「…………」

若者の屈託のない誘いにのせられ、瀬ノ尾は躊躇《ためら》いながら店内に入った。いまはひとりでいたくなかった。

桐嶋の店は九店舗あるが、瀬ノ尾は基本的に「彩花」にしか行かない。五年前に再会したキャバクラにも何度か足を運んだのだが、すべて接待のためだ。

当然、「mariposa」にも客として入るのは初めてだ。

階段を下りていくと、見目のいいホストが迎えてくれた。

瀬ノ尾を招きいれた若者は、トイレ掃除があるからと裏へ引っ込む。

瀬ノ尾は反射的に桐嶋の姿を探したが、桐嶋はいなかった。桐嶋がいつどの店にいるのか知らない。順番を決めて回っているのか、それともそのときどきでちがうのか、それすら知らなかった。

戸惑う瀬ノ尾を、長身のホストが一番奥のテーブルへと案内してくれる。ソファの背が高くボックス席のような仕様になっていて、座ってしまえば他の客からは見えない。男ひとりというので配慮してくれたようだ。

瀬ノ尾はウィスキーのボトルとつまみを頼み、店内を見回した。

全体的に大人向けといった雰囲気だ。二十ほどあるテーブル席は隣との間隔が広くとられ、ゆったりとくつろげる。

白いレザーソファに、大理石の床と柱、豪華なシャンデリア。

どれも華美にはならず、高級感だけを漂わせる。

カウンターの向こうの棚に並んでいるボトルとグラスは圧巻だ。数もさることながら、配置やライティングにも気が配られている。どのインテリアよりも目を惹《ひ》く。

昼間だというのに、テーブルは七割方埋まっていた。皆盛り上がり、誰ひとり瀬ノ尾など気にかけていなかった。

「邪魔なら言ってください」

細身のスーツを着こなした青年が瀬ノ尾のテーブルについた。

目許《めもと》が少し允也に似ている。年齢もおそらく同じくらいだ。

「きみこそ、俺なんかの席につくのは気の毒だ。ひとりでやるからいいよ」

「いいえ。たまには男同士でゆっくり飲みたいくらいです」

口のうまい青年は、誠也《せいや》と名乗った。

「ここだけの話、女の子は好きだしお客だからありがたいんですけど、ときどき、疲れることあるんですよね。俺、なにやってんだろうって」

ウィスキーのロックをつくりながら、誠也が苦笑する。

グラスも氷も瀬ノ尾好みだ。

女性がホストにはまる気持ちが、瀬ノ尾にはわかる気がした。

知らない相手だからこそ楽なのだ。自分を飾らなくていいし、相手は厭なことは絶対に言わない。

悪い気持ちになるはずがない。束の間の夢を買うのだから。

ふと、允也を思う。

允也もそうだった。瀬ノ尾を心地よくさせるのはうまかった。嵯峨野にそう命じられていたのだから、允也もそういう意味ではホストだった。

「俺には無理だな。ずっと相手に合わせ続けるなんて。ひとりになるのは厭なのに、ときどき、気が狂いそうなくらいひとりになりたいって思う。勝手なんだ、俺は」

「みんなそうですよ」

誠也がほほ笑んだ。

「みんな自分が一番可愛いんだし、勝手になるのはしょうがないでしょう。俺だって、自分の成績上げるために女の子煽《あお》ったりします。争わせたり、いろいろサービスしたり」

「サービス？」

取り留めのない話が心地よくて、ついグラスを重ねる。酒は弱いほうではないが、最近は量を飲む機会がなかったので、アルコールの回りが早かった。

「あっちのサービスってこと？」

「そう。あっちとかこっちとか、もう大変」

「そうなんだ」

ははと声を上げて笑うと、誠也も笑う。

自分がなぜ笑えるのか不思議だというのに、止まらなかった。

その場だけの相手は楽だ。瀬ノ尾のことなどなにも知らない。やくざの息子であることも、ゲイだということも。構える必要がないから、楽に息ができる。

「好みじゃない客もいるんだろう？　それでも我慢してサービスするんだ？」

「ええ。我慢しますよ。これのために」

親指と人差し指で円をつくった誠也に、瀬ノ尾は目を細めた。

目的があれば人間は、なんでもできるということか。目的がなくなったときは、どうなるのだろう。

ぐっとグラスの中身を飲み干すと、誠也がすぐに注《つ》いでくれる。ほとんどつまみには手をつけることなく、瀬ノ尾はウィスキーを速いピッチで腹に入れた。

「強いんですね。もう空になりますよ」

ボトルを示され確認すると、底に少し残っているだけだ。誠也の酒量はおそらく瀬ノ尾の半分ほどだろう、すでに身体が熱く、酔っているという自覚はあった。

「次は、高い酒を頼もうかな。なにがいい？」

酔眼で誠也に問う。

「そうですね。いくらでも高い酒はありますけど、俺がうまいと思うのは、ルイかな」

「ルイ？　じゃあ、それにしよう」

調子に乗って値段も聞かずに瀬ノ尾が決めると、誠也が手を上げる。

「ルイ入り――」

その手を摑んで下ろさせたのは、桐嶋だった。

「そのくらいにしておけ」

まさか桐嶋が来るとは。

来ればいいとは思ったが、本当に来てくれるなんて期待していなかった。

「桐嶋？　すごい偶然だな」

呂律《ろれつ》の怪しくなった口調で瀬ノ尾が言うと、桐嶋は仏頂面《ぶっちょうづら》で、

「偶然なわけあるか」

と答えた。

「うちの見習いが連絡してきた。店に来るなら来ると、自分で電話してこい」

桐嶋は瀬ノ尾の腕をとり、立たせる。自分で思っていた以上に酔っているらしく、足元がふらついた。

「オーナーの知り合いですか」

しまったという表情で誠也が問い、直立する。桐嶋はため息をこぼすと、誠也の肩に手をのせ労《ねぎら》った。

「悪かったな」

どういう意味で悪かったと言ったのか、瀬ノ尾にはわからない。冷静に考えればわかったのかもしれないが、酔いの回った頭では無理だった。

店内を横切り、サニタリールームの前を通り、スタッフ専用のドアから事務室に入る。

桐嶋はその間ずっと瀬ノ尾の腕を離さず、瀬ノ尾はふわふわとやわらかい場所を歩いているような心地だった。

「ほら」

強引にソファに座らされたとき、途中で桐嶋がスタッフに頼んだ水が届けられる。

飲めと言われて、仕方なく半分ほど飲んだ。

冷たい水は幾分瀬ノ尾を落ち着かせた。

「まったく、店に来るなら電話の一本くらいしてくればいいだろう」

テーブルを挟み向かいに腰かけた桐嶋は、少し苛立《いらだ》ったようにも見える仕種《しぐさ》で煙草に火をつける。

桐嶋は筋金入りの喫煙者だ。十五のときから夜の街で働いてきた男なので、瀬ノ尾のようにストレス発散というわけではない。

煙草の量を減らしてくれたらと、河野《こうの》が心配そうに洩《も》らしたのを耳にしたことがある。

「忙しいのに、わざわざ連絡するのも悪いと思って」

瀬ノ尾は、無責任にも桐嶋が煙草を吸う姿が好きだった。初めて口をきいたときの印象が強いからかもしれない。

「……でも、結局手間をかけさせたな」

見習いから連絡が来たと言っていた。

彼は、なぜ桐嶋に連絡したのだろう。昼間から男がひとりでホストクラブにやってくるなんてと、変に思ったのだろうか。

息をついた瀬ノ尾は、己の酒臭さに眉をひそめる。相手をしてくれたホストが聞き上手だったせいで、つい飲みすぎ、喋《しゃべ》りすぎてしまった。

「嵯峨野さんは知っているのか」

この質問には、さあと答える。

黙って出てきたが、桐嶋の店だと見透かしているかもしれない。なにしろ男をあてがうような有能な若頭だから、瀬ノ尾の居場所を逐一把握していたとしてもおかしくない。

桐嶋が、苛立たしげに髪を掻きあげた。

「なにかあったのか」

「――――」

問われて、酔いの回った頭で数時間前の出来事を思い出す。

瀬ノ尾が実家に戻るはめになったのは、万が一のときのためなどではなかった。いつまでたっても心配されると思っていたほうがまだましだった。

仕事も一週間の有休などではなく、退職も同然。

父は瀬ノ尾を縁談のために呼び寄せたのだ。そればかりか、允也までが――。

「……俺、ピエロだな」

なんて滑稽なのだろう。瀬ノ尾の人生など、絵空事も同然の軽さだ。

仕向けられた出会いだった。允也が優しかったのは、嵯峨野にそうしろと命じられていたからだった。

允也に感じていた罪悪感も、瀬ノ尾の独り芝居だったということだ。

「なにかあったのか」

渋い表情のまま桐嶋が瀬ノ尾を窺う。

瀬ノ尾はかぶりを振った。

「なにもない。俺には、なにも」

「瀬ノ尾」

　眉宇がひそめられ、深い縦皺が刻まれた。桐嶋のこういう顔は嫌いじゃない。桐嶋は瀬ノ尾を心配してくれるとき、昔から不機嫌になる。

　きっと不甲斐《ふがい》ないと心中で瀬ノ尾を責めているはずだが、桐嶋がそれを口にしたことはなかった。

「おまえと再会したのって、偶然？」

　瀬ノ尾が聞くと、意味がわからないとばかりに桐嶋は勢いよく煙を吐き出した。

「なにを言ってる」

「うん……なにを言ってるんだろうな」

　こういうとき、桐嶋ならどうするだろう。周りが信じられなくなったとき。自分が、ひどく駄目な人間だとなにもかも厭になったとき。

　桐嶋はため息をつくと、吸いさしを灰皿で捻《ひね》り消した。そうして唐突に立ち上がり、テーブルを回り込む。

　瀬ノ尾の隣に腰を下ろしたかと思えば、瀬ノ尾の頭を片腕で抱え込んだ。

「ひどい面《つら》してるぞ」

「桐――」

「もう黙ってろ。一分こうしててやるから、その間にひどい面をどうにかするんだ」

「――」

唇の内側を嚙み、小さく頷く。

桐嶋に優しくされると、どうしていいかわからない。

桐嶋の前でなんて泣けない。泣いてしまったら、桐嶋が困るだけだ。桐嶋はたぶん、瀬ノ尾の気持ちに気づいている。

気づいていて知らない素振りをしているのは、そうしたほうがいいと判断しているからだ。

瀬ノ尾の居場所をつくってくれているのかもしれない。でも、いまの瀬ノ尾には酷でしかなかった。

「……桐嶋、少しは俺に同情してくれてるんだ？」

桐嶋の力強さ。体温。匂《にお》い。

すべてが瀬ノ尾を苦しめる。

「黙ってろと言っているだろう」

一分たっても離れないのは桐嶋なりの情だとわかっているのに、この手で壊してしまいたい衝動に駆られる。

限界だった。

「同情してくれるなら、一度だけでいいから――」

瀬ノ尾、ときつくさえぎられる。

腕が離れた。

桐嶋は瀬ノ尾の頭を小突くと、ソファから腰を上げたのだが、瀬ノ尾がそのスーツの裾を摑んで引きとめた。

「同情してくれるなら、一度でいいから抱いてくれないか」

言ってしまった。

一生口にするつもりなどなかったのに、気づかないふりで傍にいてくれた桐嶋を裏切ってしまった。

「一度だけで……いいんだ」

ひくっと喉が鳴った。

言うんじゃなかった。言わなければよかった。なぜ言ってしまったのか。

桐嶋まで失ってしまったら、瀬ノ尾にはなにもないというのに。

酔っていた、冗談だと打ち消さなければ。頭ではわかっていても、言葉が喉から上がってこない。

「瀬ノ尾」

低い声音で名前を呼ばれ、びくりと肩が揺れた。裾を摑む手が震える。

顔が上げられない。

「もう帰ったほうがいい」

桐嶋の答えは予想したとおりだった。

瀬ノ尾が裏切っても、桐嶋はけっして瀬ノ尾を裏切らない。でもいまは、それを喜べなかった。

「……そうだな。ごめん、気持ち悪いこと言って。おまえ、ホモじゃないもんな」

目を合わさないまま、なんとか上着の裾から手を離す。立ち上がったとき、酔いのせいばかりではなく足が縺《もつ》れたが、桐嶋は支えてくれなかった。

桐嶋らしい。手を差し伸べれば逆効果になるとわかっている。瀬ノ尾のために、いまの出来事をなかったことにしてくれようとしている。

「送っていこう」

「いい。タクシー拾うから。迷惑かけたな」

「瀬ノ尾」

これ以上なにか言われる前に瀬ノ尾は桐嶋に背中を向け、ふらつく足取りで事務室をあとにした。

なんて馬鹿なことを言ってしまったのだろう。桐嶋が受け入れてくれないのはわかっていたのに。

何事も流してきた瀬ノ尾だが、これだけはなかったことになんてできない。瀬ノ尾には無理だ。

桐嶋の顔を見るたび、桐嶋を想うたび、いまのやり取りを頭の中で反芻《はんすう》してこれからずっと後悔し続ける。

自分がつらいからと言って、桐嶋を裏切ってしまった自分に嫌悪しながら。

「聡明」

外に出た瀬ノ尾の前に、允也が現れる。

あたりはもう薄暗くなり、ぽつぽつとネオンが灯《とも》り始める時刻になっていた。徐々に華やかな姿を取り戻す街は、瀬ノ尾の暗い気持ちを嘲笑《あざわら》うかのようだった。

「なに。ずっと待ってたんだ？」

嵯峨野の指示だろう。允也のような下っ端にとって、若頭の命令は絶対だ。

「帰りましょう」

硬い声音で言われ、瀬ノ尾は嗤笑《ししょう》する。

表情どころか、口調まで変わった。「帰ろう」ではなく「帰りましょう」。

まだ聡明と呼んだのは、いつもの癖でうっかり出てしまったのか。

「ひとりで帰る」

瀬ノ尾が路地を歩き始めると、允也が追ってくる。

「ついてこなくても、世を儚《はかな》んで馬鹿な真似《まね》なんてしないから」

ひとりにしてくれる気はないらしい。瀬ノ尾はひとりで泣くことも許されない。

「おまえも大変だったな。嵯峨野の命令とはいえ、男を抱かなきゃいけなくて。それとも、男が大丈夫だから、おまえに白羽の矢が立ったのか？」

背後で允也が呻く。どう言い訳をしようかと思案しているのかもしれないが、すでに手遅れだ。

もう瀬ノ尾は允也を信じられない。なにを聞いても、允也の背後に嵯峨野を思い出す。嵯峨野の顔がちらついて、まともに顔を見るのも難しい。

「最初は……確かにそうだけど、俺は、本当に」

「やめろよ」

言い訳など聞きたくなかった。

言い訳をされたら、瀬ノ尾は允也を許さなければならない。束の間とはいえ、癒《いや》されたのは事実だ。

恨めないのなら、せめて拒絶させてほしかった。

「俺、桐嶋に振られたんだ。抱いてって言ったら、見事にかわされた。桐嶋らしいだろ？　桐嶋だけは、俺を裏切らない」

手のひらに目を落とす。まだ、桐嶋のスーツを摑んだ感触が残っている。

指から離れていく感覚も。

もし桐嶋が瀬ノ尾を受け入れてくれたなら、たった一度でもいいから抱いてくれたら、瀬ノ尾はきっとこの先になにがあっても、なにもなくても、ひとりでいいと思えたかもしれない。ひとりで生きていけたかもしれない。

そんなふうに考えてしまうこと自体が、自分の弱さだとわかっているけれど。

見ないふり、気づかないふり、なにもなかったふり。

瀬ノ尾は今後もずっとそうしていくのだろう。なにも感じないことが、唯一の自己防衛だった。

5

ひとりになった事務室で、桐嶋は煙草に手を伸ばした。最近本数が増えたと河野に注意されたばかりだが、これぱかりはどうしようもなかった。

ソファに背中を預け天井へ向かって煙を吐き出していると、事務室のドアが開く。

「可哀相に。泣きそうな顔していたね」

陽一《よういち》はそう言うと、気の毒そうに肩をすくめた。

「オーナーも罪な男だ。一回くらい抱いてやりゃいいのに」

わかったふうな口をきく陽一が、癇にさわる。乱暴に煙草を灰皿に押しつけると、桐嶋は冷ややかな声音で応じた。

「この部屋には勝手に入るなと言ったはずだ。トイレ掃除はどうなった。言ったことも守れないなら、うちには不要だ」

陽一に悪びれた様子はない。

「盗み聞きしたのは悪かったけど、俺の立場ならしょうがないでしょ。あのひと、瀬ノ尾聡明だよね」

瀬ノ尾の顔まで調べていたことを隠そうともせず、言葉遣いも最初の頃に戻っている。

オーナーの友だちが飲みにきてるよ。そう言って陽一が電話してきたときも、あえて名前を出さず含みのある言い方だったのでそれが誰なのか桐嶋にはすぐにわかった。

「なにが言いたい」

桐嶋が険しい眼光を向けると、一瞬だけたじろいだが、出ていかずに留まった。瀬ノ尾に興味を持ったのか、瀬ノ尾の出ていったドアをちらりと見てまた、可哀相だと言った。

「よほど思いつめていたんだろうに。長年の友人にあんなこと言うなんて。俺がオーナーなら、やってあげてたなあ。あのひとなら、案外いけそうじゃない？」

「陽一」

桐嶋はソファから立ち上がった。距離を縮め、ネクタイをしていないワイシャツの胸元を摑み、ぐいと引き寄せる。

「俺に張りつくのはいい。好きにしろ。だが、あいつに手を出したら許さない。いま聞いたことも忘れろ。いいな」

上目で低く恫喝《どうかつ》すれば、陽一は息をのみ、うろたえる。返事をしろと催促した桐嶋は、陽一が首を縦に振るのを確認してから解放した。

この話は終わりだとソファに戻る。だが、陽一は肩で息をつきながらワイシャツの乱れを直し、懲《こ》りずに瀬ノ尾の名を出した。

「でも、俺にはわからない。そんなに瀬ノ尾さんのことが大事なら、なおさら——」

その先を口にしなかったのは、今度は胸倉を摑まれるだけではすまないと察したからだろう。

言わなくて正解だった。もし言葉にされていたら、桐嶋は、今後陽一がどれほど努力しようとも耳を貸さず拒絶し続けた。

瀬ノ尾のことを知りもしない人間が語るのは我慢ならない。瀬ノ尾は、短い言葉で語られるような男ではなかった。瀬ノ尾の悲しみは瀬ノ尾だけのものだ。他人には口出しも肩代わりもできない。

「おまえ、さっき瀬ノ尾が泣きそうな顔をしていたと言ったな」

けれど、桐嶋が本当に腹を立てているのは、自分自身にだった。

瀬ノ尾があんなことを言ったのは、桐嶋がそうさせたのだ。傷ついている瀬ノ尾を前にして、どうしようもなかった。

触れないと決めていたというのに、桐嶋がそれを破ってしまった。

「あ……うん」

「あいつは泣いたことなんてない。泣きたい泣きたいと口では言うくせに、昔から、一度も。泣いてもどうしようもないと、本人が一番よくわかっているからだ。そんな奴に、なにがしてやれる」

同情するのは容易い。だが、瀬ノ尾がなにより望んでいる自由は誰も与えられない。

桐嶋にできるのは、瀬ノ尾が望む限り、友人として傍にいることだけだ。

陽一は黙って部屋を出ていった。

ぱたりとドアが閉まり、桐嶋は、ついさっきまで瀬ノ尾が座っていたソファをじっと見つめる。

なにがあったのか瀬ノ尾は言わなかったが、肩がひどく薄く見えた。まるで、すべてをあきらめているかのように。

桐嶋に「抱いてくれ」と言ったときですら、わずかな期待さえ滲《にじ》ませなかった。瀬ノ尾は、桐嶋が承知するとは少しも思っていなかったのだ。

部屋を出ていく頼りなげな背中。

希望のない人間の背中を、桐嶋は過去にも目にしていた。

おそらく笹原《ささはら》も知則《とものり》も知らないだろう。明け方ひとり、暗い部屋で泣いていた母を。

母は、笹原や息子たちに申し訳ないと、毎夜声を殺して泣いていた。

普段は、死期の迫った人間とは思えないほど明るい様子を見せていただけに、母の慟哭《どうこく》がどれほど深いものかを知った気がしていた。

己の命の短さは嘆いても恨んでもどうしようもなく、どうやら母は、笑って死ぬことが自分にできる唯一の恩返しだと信じていたようだ。

実際、母はよくやったと思う。母の死に顔は、褒めてやりたいくらいに安らかだった。ほほ笑んでさえいた。

笹原には感謝している。最期に母を幸せにしてくれ、血の繋《つな》がらない自分たちにもこれ以上ないほどに目をかけてくれた。

だが、知則ほど手放しで笹原を慕えないのは、放っておいてくれたほうがよかったのではないかという思いが頭の隅に引っかかっているからだ。

笹原が手を差し伸べなかったなら、母はこの世に未練を残さなかっただろう。ひとり静かに死を享受できたはずだ。

「…………」

ずきりとこめかみが痛み、指で押さえる。

母の背中と、瀬ノ尾の背中が瞼《まぶた》の裏で重なる。

自分ではどうにもならない運命がのしかかった背中だ。

桐嶋には、特別な人間はそれほどいない。

肉親であるという意味での母親。家族を与えてくれたという意味で、笹原。

知則。

そして、瀬ノ尾。

家族よりも瀬ノ尾とのつき合いは長い。やくざの家に生まれてきたことを嘆きながら、あきらめている瀬ノ尾は、どこか不安定で不思議な男だった。

二十五のときに再会したときも、昔と同じまなざしで見つめてきた瀬ノ尾に、桐嶋は、過去に置いてきた形のないなにかがよみがえってきたような感覚を覚えた。

それは懐かしさだったかもしれないし、仄《ほの》かな甘い感情だったのかもしれない。

屋上で、瀬ノ尾は一度だけキスしてきた。

桐嶋は眠ってなどいなかった。

どうして眠ったふりをしたのか。

あのとき気づかないふりを通したことが、いまも桐嶋と瀬ノ尾の間には尾を引いている。

おそらくこれからも瀬ノ尾は作り笑いを浮かべ、桐嶋は瀬ノ尾の気持ちに気づかないふりをしていくのだ。

どうしようもないことはある。

桐嶋はひとりで生きていくと随分前に決めてしまったし、瀬ノ尾にはずっと背負っていかなければならない荷がある。

ソファから目をそらし、時計を見た。そろそろ他の店に回るかと、テーブルの上の煙草を拾い上げたとき、ちょうど携帯電話が振動し始めた。

知則からだ。

「どうした？　なにかあったのか」

知則が電話をかけてくるのはめずらしい。この時間は桐嶋が仕事だと知っているので、よほどの用事がなければ電話などしてこない。

『ないよ。そうそうあっても困る』

微かに笑い声を聞かせ、知則は加治の名を出した。

『加治の息子が接触してきたんだって？』

志水《しみず》が伝えたのだ。口止めしたわけではないが、桐嶋が知則に言う気がなかったのは承知していたはずなので、あっさり喋ったのは志水の判断だ。あの男は時折桐嶋の思惑を平然と無視する。だからこそ信頼できた。

「こっちは大丈夫だ。俺のことより、居候の心配でもしてやるんだな」

東吾《とうご》と、知則が声をひそめた。

『どうして伊佐《いさ》を嫌うんだ？　東吾が理由もなくあからさまに嫌うなんて、いままでなかったのに』

「理由ならあるさ。あいつはおまえを振り回す。これからもおそらく何度となくおまえを悩ませるだろう。嫌うには十分だ」

正直に告げ、すぐに矛先を変える。

「喧嘩《けんか》は、おさまったのか？」

伊佐を擁護する言葉を聞く必要はない。他人の家に上がりこんで喧嘩をするな、伊佐にはそう言ってやりたかった。

『歩み寄ろうと、努力している。伊佐は頑固なんだよ』

「ああ、だろうな」

それでも一緒にいたいということだ。

知則が笹原に好かれようと健気な努力をしている姿を見ていただけに、桐嶋は複雑な心境だった。

少なくとも伊佐は知則にとって努力をしてでも傍にいたい相手のようだし、伊佐のほうでも同じらしい。

「そろそろ俺はお役御免か」

桐嶋がそう言うと、知則はふっと声音をやわらげた。

『いつまでも東吾に頼ってばかりじゃ、進歩がないしな』

「なんだ。兄離れをしようって？」

『変わらなければ。いつまでも同じじゃいられない』

笹原の死から一年と数ヶ月。

知則の感情は凝《こご》り、笹原を死に追いやった連中への憎しみだけを募らせていた。たとえ望みが叶って復讐《ふくしゅう》できたとしても、頑なな心はけっして溶けないだろうと思っていた。

その知則が、変わらなければと言う。

あの男のどこがそれほどいいのか知らないが、桐嶋ではできなかったことをいとも簡単にやってのけた。もっとも、予感があったから桐嶋は初めから伊佐が嫌いだったのだ。ブラコンと罵《ののし》られようとも、本心なのだからしようがない。

「やっぱりおまえが嫌いだと、伊佐に伝えてくれ」

その言葉を最後に、桐嶋は電話を終わらせた。

事務室をあとにし、裏口から外へ出る。

すでに夜の帳《とばり》が街を包み、街は極彩色に輝いていた。

十代から夜の街で生きてきた桐嶋にとって、なにより居心地のいい時刻だ。夜の闇《やみ》は人間のいろんなものを隠す。目を背けたいものや人には言えないことを。

桐嶋もそのときどきで隠し、深い場所へ埋めてきた。

車のドアを開ける。身を滑らせる前に、前方の車の陰から陽一がひょっこり現れる。

「仕事はどうなった」

うんざりしていつでも見習い期間を終わらせてやると言外に匂わせれば、陽一は両手を広げ、ちゃんとやったと答えた。

「トイレなら染みひとつないから、確認してよ。ちょっと外の空気を吸いにきただけ。ちゃんと許可ももらってるし」

それなら話すことはない。返事をせずに車に乗ろうとしたのだが、陽一は桐嶋を引き止める。

「俺さ、思ったんだけど――。桐嶋さんは、なにもしてやれないって言ってたけど、ちがうんじゃないかな」

瀬ノ尾のことだ。忘れろと言ったのに、しつこい。どういうつもりでわざわざこんなことを桐嶋に言ってくるのか。

「俺、こんな言い方したらあれだけど、子供の頃から金の苦労ってしたことないんだよ。金だけはあったから。でも、この店でトイレ掃除して微々たる金をもらって、なんかちがうって思える。まだ三日だけどさ。金の価値っていうの？　それが変わったような気がするんだ」

「だからなんだ」

苛立ちを隠さず、半眼を投げかける。

陽一は頭を掻いて、図々《ずうずう》しい若者には似合わず遠慮がちに先を続けた。

「あのひとだって、なにか変えたいからあんなこと言ったんだと思う。このままじゃもういられないから――俺、なんとなく気持ちわかるような気がするんだよな。一度でも願いが叶ったりしたらさ、それだけで生きていけそうな感じするし」

陽一がなんのためにこんなことを言うのか意図を計りかね、慎重に探る。

「えらく感傷的じゃないか」

そう言ってやると、陽一は頭を左右に振った。

「誰もがあんたみたいに強くないってこと」

「俺が強い？　買い被《かぶ》りだな」

「少なくとも、俺の周りにいる人間の中じゃ一番まともで強いよ。だから俺は、あんたのところに来たんだから」

桐嶋は陽一がどんな育ち方をしたか知らないし、知る必要もなかった。桐嶋にとって陽一は、店の見習いであり、油断できない相手でもある。

だが、ひとつだけ気づいたことがあった。

——あのひとだって、なにか変えたいからあんなこと言ったんだと思う。このままじゃもういられないから。

たぶん、それだけは正解だ。

瀬ノ尾は、変えられるなら悪いほうでも構わないと思っているふしがある。とにかくいまの状況から脱したいのだ。

「店に戻れ」

一言だけ告げると、陽一は黙って裏口のドアから中へ入っていった。

桐嶋はその場に立ち尽くし、誰もいない場所に答えを投げかける。

「強いわけじゃない。世の中にはどうにもならないことがあると、知っているだけだ」

いや、むしろ臆病《おくびょう》なのだろう。

子どもの頃は、父親の母に対する暴力を見るのが怖くて、目をそらしてしまった。離婚して母が出ていったあとは親族の家を転々としたが、誰も信じられず十五のときに住み込みのバイトを見つけた。

マスターは普段は好人物だったが、酒癖が悪く、酒を飲むと恋人を殴っていた。その後は反省して、厭というほど苦しむというのにやめられなかった。

人間は、自分より弱い者に対して傲慢《ごうまん》に振る舞ってしまう動物なのだ。

桐嶋も同じだ。

自分よりも不幸に見えた知則や、幸せな家庭を得てなお絶望する母を哀れだと思った。そういう点で桐嶋の思いは家族愛などではないともいえる。

瀬ノ尾は、どうしてこんな男がいいのか。

瀬ノ尾の桐嶋を見るまなざしは、昔から少しも変わらない。恋人と一緒に住んでいるいまですら、同じ瞳《ひとみ》で桐嶋を見つめる。

それが桐嶋には苦痛であると同時に、悦《よろこ》びだとも知らず――。

「桐嶋ぁ！」

突如駐車場に、怒声が響き渡った。

桐嶋は我に返り、突進してくる男を見た。男は、目と口だけが開いた黒いマスクを被っている。

瞬時に身構え、振り下ろされたナイフを避《よ》けたが、腕に熱痛が走った。

「死ね……っ」

ナイフを持つ男の手首を摑む。男は桐嶋の手を振り払おうと、左手で殴りかかる。応戦し、激しく揉み合ううち、相手の振り下ろしたナイフの切っ先が車に当たり、大きく跳ね上がって地面に落ちた。

すかさず足で蹴《け》り、遠くへやる。

「くそっ」

男は桐嶋とナイフを交互に見やり、いきなり桐嶋を突き飛ばすとそのまま逃げていく。大立ち回りを演じて肩で息をつく桐嶋は、追いかけずに男の後ろ姿を瞼の裏に刻んだ。

「くそだと？　こっちの台詞だ」

右腕のスーツがぱっくりと裂け、ワイシャツが赤く染まっている。右の手の甲からも血が滴《したた》っていた。口の端が痛むのは殴られたせいだ。舌打ちをして、仕方なく店に戻った。

ぐずぐずしていたのが失敗だった。

事務室に戻ると、そこにはマネージャーの河野がいて、桐嶋の無様な姿に蒼白《そうはく》になる。

「どうしたんですか！」

おろおろしながらもスーツを脱ぐ手助けをしてくれる。警察に通報をという河野の申し出を、桐嶋は却下した。

「警察が入ると、なにかと面倒だ」

夜の世界で生きている以上、清廉潔白の身とはいいがたい。加治の件を蒸し返されて探られれば、桐嶋も知則も無傷とはいかないだろう。

「誰がこんなことを」

常備してある薬箱をスチール棚から持ってきて、河野が簡単な手当てをしてくれる。ソファに座り、河野に腕を預け、桐嶋は思案していた。

「心当たりが多すぎてわからない。相手は、マスクを被っていた」

適当にごまかしたが、頭に真っ先に浮かんだのは、陽一だ。駐車場で桐嶋を引き止めたのは、計画的だったのではないか。

不審な車を見かけた時期も、陽一が現れたのと前後していた。

「そういえば見習いはどうだ？　よくやってるか」

桐嶋の問いにこんなときにまで仕事の話かと睨み、河野が不承不承答える。

「ええ。よくやってますよ。言葉遣いさえ直れば、ですが」

うまく猫を被っているというのか。

「――ならいい」

「それより、病院に行ってください。掠り傷じゃないですから。神経でも傷つけていたらどうするんですか」

病院に行く気はなかったが、口煩く説教をする河野に逆らわず、ああと返事をした。

包帯を巻き終えると、上着のポケットから携帯電話を取り出して知則にかけた。桐嶋を襲ったその足で、知則のところにも行っている可能性がある。

『東吾』

知則は自宅にいた。

「伊佐も一緒か？」

『そうだけど、なぜ？』

「いや——」

今夜は出かけるなと言えば、知則は心配する。迷った末、なにも言わずに桐嶋は通話を終えた。

もうひとり、瀬ノ尾のことが気にかかる。瀬ノ尾は店を出たあとまっすぐ帰っただろうか。かけようかと携帯電話をしばらく凝視していたが、ポケットに戻した。瀬ノ尾には嵯峨野が誰かつけているはずだ。桐嶋が忠告するまでもない。

「河野、皆には言わないでくれ。余計な心配をかけるのはまずい。俺から一言、物騒だから気をつけろとでも言っておく」

「——はい」

河野は承知した。が、その後「オーナー」と深刻な表情で口を開いた。

「どうか気をつけてください。『彩花』もこの店も、他の店もすべて、あなたがいなければ成り立っていきません」

河野の精一杯の気遣いに、桐嶋は頷いた。

「今日はもう自宅に戻られたほうがいいでしょう。送ります」

「いや。その必要はない。一服したら帰る。悪いが鎮痛剤を出しておいてくれ」

不服そうな顔をしたものの、ひとりになりたいという桐嶋の意図を察し、河野は事務室を出ていった。

桐嶋は、両脚をテーブルの上にのせ、煙草を銜《くわ》える。

切りつけられた腕はずきずきと疼《うず》くが、困るのは顔のほうだ。周囲にはどこかにぶつけたとでも言い通すしかない。

そろそろ帰ろうかと思った頃、突然、勢いよくドアが開いた。入ってきたのは知則と伊佐だった。

「どうしたんだ」

脚をテーブルから下ろして問えば、知則が眦《まなじり》を吊《つ》り上げる。

「どうしたんだ、だって？　あんな電話があれば、なにかあったと思う。河野さんに連絡して教えてもらった。東吾が襲われたって」

知則の視線が、包帯から手の甲、頬と順に動き、桐嶋の目でとまった。つかつかと歩み寄ってくると、悔しそうに歯嚙《はが》みする。

「怪我《けが》したってどうして言ってくれなかったんだ」

「たいした傷じゃない」

「程度は問題じゃない！」

知則にしてはめずらしく声を荒らげる。握り締めたこぶしが震えていた。

大袈裟なと桐嶋には言えなかった。

笹原の件があるから、知則は過敏になるのだ。

「——俺が悪かった」

桐嶋の謝罪に、知則は俯《うつむ》く。

桐嶋は知則から、伊佐へと視線をやった。

「俺は大丈夫だから、知則を連れて帰ってくれ」

万が一ということもある。店には近づかないほうがいい。そういう意味での言葉は正確に伝わったようだが、伊佐は呆れた表情で肩をそびやかした。

「あんたも送っていく。じゃなきゃ、このひとたぶんここから動かないし。言っただろう。あんたら兄弟はおかしいって。あんたもこのひとも、うんざりするくらいブラコンだ。気味わりいよ、ほんと」

かぶりを振った伊佐に、桐嶋は反論しなかった。今日は分が悪そうなので、不本意だったが伊佐の言い分を受け入れる。

「おまえに説教されるとはな」

一言返した桐嶋に、伊佐は鼻で笑った。

「言っとくが、あんたのその頬、だんだん腫れてくるぞ。客前になんか当分立てない面になるだろうな」

ざまあみろとでも言いたげだ。実際伊佐は、腹の中でざまあみろと思っているにちがいない。

「そう言うおまえは、少しは行儀よくなったみたいだな」

「てめえはっ」

睨み合う桐嶋と伊佐に、知則が割って入る。知則がどう思おうと、伊佐がいけ好かない男である事実に変わりはない。

店を出ると、桐嶋は知則のＢＭＷの後部座席に乗った。

後ろからふたりを眺める。確か喧嘩をしているのではなかったか。

見る限り険悪なムードはなかった。歩み寄ろうと互いに努力をしている最中らしいので、少しは実を結んでいるということか。

ふたりの背中を見つめながら桐嶋が思い浮かべるのは瀬ノ尾だ。

瀬ノ尾がどれほどの努力をして桐嶋の傍にいるか。桐嶋には厭というほどわかっている。だからこそ、瀬ノ尾の努力を無駄にしたくない。桐嶋にできるのは、瀬ノ尾が望むだけ傍にいてやることだ。

――同情してくれるなら、一度でいいから抱いてくれないか。

――一度だけで……いいんだ。

なぜ瀬ノ尾はあんなことを言ったのか。

変わるためだと陽一は言うが、変わらないために瀬ノ尾は努力してきたのではないのか。それとも、桐嶋が間違っているのか。

苛立ちを覚え、頭から瀬ノ尾を追い出す。あれこれと想像するのは、ろくなことにならない。

「手間をかけたな」

マンションの前で車を降りると、助手席のウインドーを知則は下げ、桐嶋を見上げた。

「さっき、瀬ノ尾さんに電話をした。なにか知っているかと思って。東吾から連絡しておいてくれないか。たぶん、すごく心配していると思う」

瀬ノ尾には連絡しないつもりだったが、そうはいかないようだ。知則の言うように、桐嶋が襲われたと知って瀬ノ尾が桐嶋の身を案じているのは確かだ。

「――わかった」

走り去っていくＢＭＷを見送り、マンションの正面玄関へ足を向ける。数段ほどの階段の隅に、人影を見つけた。

連絡をするまでもない。瀬ノ尾だった。

「無事だったのか」

瀬ノ尾は桐嶋を見ると、くしゃりと顔を歪《ゆが》める。どれほど心配していたか、この表情でもわかる。

「わざわざ来なくても、電話一本ですんだだろう」

思いのほか冷たい口調になってしまった。

瀬ノ尾の顔を見て、苛立ちがよみがえってきたせいだ。

これまでの年月、桐嶋も瀬ノ尾もうまくやってきた。これからもいままで通りやっていかなければならない。

「急いで出てきたから、思いつかなかった」

「おまえが来てもしょうがない」

心配して駆けつけてきた相手に、なんて言い草だ。こんな突き放した言い方をすれば、瀬ノ尾が傷つくのはわかっているというのに。

抱いてくれと言ったから、冷たくされると瀬ノ尾は思うにちがいない。桐嶋自身、否定できなかった。

「ごめん。帰るよ。無事ならいいんだ」

後退りした瀬ノ尾の腕を、反射的に捕らえる。

冷たくしておきながら、引き止めるなんてどうかしている。

「――桐嶋」

「上がっていけ。せっかく来てくれたんだ」

瀬ノ尾は戸惑いつつも頷く。瀬ノ尾は断らない。これまで桐嶋が誘って断ったことなど一度もない。

エレベーターで十五階に上がり、先に桐嶋が靴を脱ぎ、リビングのドアを開けた。

「病院には、行ったのか？」

明るい室内で、桐嶋の怪我の具合を把握した瀬ノ尾は硬い表情を崩さない。知則のようにあからさまに動揺しないのは、日常的に他人の怪我に接してきているためだ。包帯と手の甲の切り傷に目をやり、顔に戻して眉を寄せた。

目立つのは殴られた顔のようだ。おそらく腫れてきたのだろう。

「河野が包帯を巻いただけで、ただの掠り傷だ」

桐嶋の嘘を信じたのかどうかはわからない。瀬ノ尾は黙って唇を引き結んだ。

「誰がやったのか、心当たりは？　相手の顔は見たのか？」

桐嶋の無事を確認して落ち着いたのか、今度はその目に怒りを滲ませる。見当もつかないと答えると、捜すと語気を強めた。

「嵯峨野に言って、必ず捜させる。許さない」

静かに怒りを発する瀬ノ尾に、本人が望もうと望むまいと瀬ノ尾にも荒い気性が受け継がれているのだと思う。

けっしておとなしい性格ではない。普段は表に出さないというだけだ。

桐嶋が笹原の報復を頼んだときも、瀬ノ尾は止めるどころか、まったく躊躇《ちゅうちょ》を見せずに承知した。

ただ、やくざの家で生きるにはほんの少し繊細すぎた。一般社会ならばむしろ長所と評される部分だが、やくざ家業では邪魔になるだけだ。

冷蔵庫から缶ビールとミネラルウォーターのボトルを取り出す。今夜飲みすぎている瀬ノ尾にはミネラルウォーターを手渡す。

喉が渇いていたのか、礼を言うと瀬ノ尾はごくごくと飲んだ。嚥下《えんか》する白い喉を見ながら、桐嶋も缶ビールに口をつけた。

唇がぴりっと染みて、思わず舌打ちをする。

「怪我をしているときは、アルコールは駄目なんじゃないか」

無理やり胃袋にビールを流し込むと、瀬ノ尾が正当な忠告をしてきたのだが、無視を決め込んだ。飲まずにはやっていられなかった。

「顔、ひどい」

指摘されて、痛む口の端に軽く触れる。腫れているのは見なくてもわかった。

くそっと毒づいた桐嶋に、なにを考えてかペットボトルをダイニングテーブルに置いた瀬ノ尾は、キッチンに足を向けた。

そこにあったペーパータオルを水で濡らすと、桐嶋の傍に歩み寄り、頬に当てようとする。咄嗟《とっさ》にその手首を摑んでいた。

思っていた以上に細い手首に桐嶋は眉をひそめる。

至近距離で視線が合い、気まずい雰囲気が漂う。先に口を開いたのは瀬ノ尾だった。

「警戒しなくても、べつに襲ったりしないから。冷やしたほうがいいかと思って」

冗談めかして言っているが、冗談ではない。瀬ノ尾が冗談でこんなことを言う人間ではないと、桐嶋は知っている。

小刻みに震える唇がそれを物語っていて、桐嶋は、息が詰まりそうだと唇から視線を外した。

「なに馬鹿なことを言ってるんだ」

吐き捨てるようにそれだけ返して、瀬ノ尾から離れるために灰皿を取りにいく。瀬ノ尾といて、気詰まりに感じて頭の中で話題を探す日が来るとは考えもしなかった。

いや、これまでは瀬ノ尾が気詰まりにならないよう配慮していたのだ。桐嶋とふたりきりになっても、どこにでもいる友人を演じ続けてきた。

二度以外は。

十五年前の屋上。そして、数時間前。

はっきりと二度の出来事が脳裏をよぎる。

普段とちがうのは、桐嶋のほうかもしれない。

「ほんと、なに馬鹿なことを言ってるんだろうな」

瀬ノ尾は睫毛を伏せた。

「結婚しようかって男の言う台詞じゃない」

「結婚？」

意外な言葉を聞いて、問い返す。過去にも縁談話があったのは知っていたが、瀬ノ尾はできないものと思っていた。

「あの男は」

同棲《どうせい》している恋人のことを問うと、瀬ノ尾は苦い笑みでかぶりを振った。

「允也は、嵯峨野に命じられていただけ」

「……っ」

愕然《がくぜん》とし、なんと返答していいのかわからなかった。

嵯峨野に、允也に激しい怒りが湧く。

瀬ノ尾をどれだけ傷つければ気が済《す》むのか。

家業に馴染めないことが、性癖が普通とはちがっていることが、どれだけの罪なのか。

桐嶋は缶ビールをシンクに叩きつけた。金属のぶつかる音が響き、跳ね上がった缶は半分以上残っていたビールを飛び散らせて床に転がった。

瀬ノ尾はびくりと身をすくめる。

「――ごめん」

謝罪はするが、桐嶋がなにに対して怒っているか瀬ノ尾はわかっていない。自分ですらはっきりしない。見て見ぬふりをしてきた桐嶋に怒る権利がないのは、とっくに承知していたはずなのに。

感情的になっている己を自覚しながら、それでも、桐嶋は冷静になるどころか判然としない苛立ちを募らせていった。

6

「ごめん」

ふたたび謝罪した瀬ノ尾に、謝るなと硬い声音が告げる。なにが桐嶋を怒らせたのか、瀬ノ尾には心当たりがなかった。

いつもどおり愚痴を言っただけのつもりだったが、桐嶋の癇《かん》に障るところがあったらしい。いや、本当はわかっている。数時間前の馬鹿な言動が尾を引いているのは明らかだ。

「……桐嶋、俺」

言い訳をしようとしたのだが、それも態度で拒絶される。瀬ノ尾はいたたまれなくなり缶を拾うと、濡《ぬ》れた床をティッシュで拭《ぬぐ》った。

「——拒絶したんだろうな」

最初はなにに対しての問いなのかわからなかった。床から目を上げ桐嶋を窺うと、桐嶋がすぐ傍まで来て瀬ノ尾の手からティッシュを奪った。ぶっきらぼうに、床なんか放っておけと言う。

それからもう一度、同じ問いをしてきた。鈍いことに、ようやくなにに対しての質問なのか気づいた瀬ノ尾は、床から膝を離して笑みを浮かべた。

「言わないよ。言ってもしょうがない」

だが、瀬ノ尾の返答に桐嶋は納得しなかった。

「しょうがないかどうか、厭だと言って抗《あらが》ってみないとわからないだろう。以前あった縁談はげんに白紙になっているんだ」

「あのときとはちがうんだよ」

「どうちがうっていうんだ」

桐嶋に責められれば、瀬ノ尾も感情的になる。厭だと言って聞き入れられるくらいなら、いくらでも言う。抵抗し続ける。

小さな頃から、先回りしてなんでもお膳立《ぜんだ》てされているのが厭だった。悪いことをしても叱られない。停学になったときでさえ一言の叱責《しっせき》もなく、それがたまらなくつらかった。

言動が筒抜けの会社に入らなければならなかったのも厭。允也が嵯峨野の命令で瀬ノ尾と暮らしていたと知るはめになったのも、厭。

そもそもやくざの家に生まれたこと自体が厭なのだ。

厭なことの連続。不満を並べてみれば、三十年間よく平然と生きてこられたものだと不思議になる。

「あのときはゲイだって言ってなかった。でも、今回のはそうじゃない。わかったうえでの縁談なんだ。言外に、これ以上みんなに迷惑をかけるなって匂わされて、どうして断れる？

允也のこともそうだ。允也を責められない。允也は、嵯峨野に命じられていたんだから、断れるわけがなかった」

だが、幸か不幸か人間というのは順応する生き物だ。自分が楽になるために、なにかを捨てる。瀬ノ尾の場合は「期待」を捨てた。あきらめることを憶えたのだ。

桐嶋は、これまで見たことがないような鋭い眼光で瀬ノ尾を射抜く。腹の底から怒っているようだ。

「なにを言っているんだ」

唾棄《だき》するように吐き捨て、苛立たしげに髪を掻く。

「なにもしないうちにあきらめてるんじゃない。言ってみなきゃわからないことだってある」

「……そんなの、ないっ」

かっと頭に血が上った。桐嶋には言われたくない言葉だった。

瀬ノ尾があきらめなければならない最たる存在は、桐嶋だというのに。

「だったら、桐嶋はどうなんだよ。俺がどんな気持ちで言ったと思う？　一度だけでいいから抱いてって頼んだとき、おまえはどうした？　無視したじゃないか。なにもしないうちにあきらめるな？　なにをしたって、なにを言ったって叶えられないことはあるんだよ。そうだろ？」

こんなことで桐嶋を責めるのは間違っている。わかっているのに、口にしていくうちにも感情は昂《たかぶ》る。

「言えば叶うっていうんなら、おまえがそれを示してくれればいい！　おまえが抱いてくれたら——」

最後まで言う前に、腕を摑まれた。強い力でぐいと引かれ、瀬ノ尾の身体は傾《かし》ぐ。

「桐嶋——」

桐嶋は無言で瀬ノ尾の腕を引きリビングを出ると、奥のドアを開けた。

その部屋が寝室だと瀬ノ尾は知っている。足を踏み入れたのは初めてだ。

ベッドの上に放り投げられ、咄嗟に桐嶋を窺うと、桐嶋は自身のシャツの前を乱暴に開いた。

「桐嶋……俺は」

桐嶋は激昂《げっこう》している。それはそうだろう。友人としてつき合ってきた男に抱いてくれないと責められたのだから、怒って当然だ。

ワイシャツを脱ぎ捨て、上半身裸になると、ベッドに片膝をのせてきた。

「できないと思っているんなら、間違いだ。俺は寝ることなんてなんとも思ってない。相手が誰であろうと」

桐嶋の手が瀬ノ尾のシャツの釦《ぼたん》を外す。片手で器用に——あっという間にはだけられた。

その手がスラックスの釦にかかったとき、瀬ノ尾は咄嗟に身を捩《よじ》ったが、前をくつろげると下着とスラックスが一気に下ろされる。

「桐……」

言いようのない羞恥心《しゅうちしん》に襲われうろたえたが、桐嶋は眉ひとつ動かさない。

「でも、おまえはそうじゃないだろう。俺と寝て、後悔して、明日からどうするつもりだ？」

「…………」

その瞬間、泣きたい気持ちになった。桐嶋の怒りに滲んだまなざしの奥に、瀬ノ尾に対する情が見えたからだ。

瀬ノ尾の気持ちを知っていながら、知らないふりをしていたのは瀬ノ尾のため。瀬ノ尾が大事な友人の傍にずっといられるよう、これ以上なくさなくてすむよう、知らないふりをしてくれていたのだ。

それを瀬ノ尾がこの手で台無しにした。

それでも――。

「桐嶋」

瀬ノ尾は桐嶋に手を伸ばした。

胸に触れ、腹を撫《な》でる。

硬い締まった身体に、瀬ノ尾は吐息をこぼした。

「初めて触った。こんな肌してたんだ？」

身勝手だと承知で胸が熱くなる。ずっと焦がれ続けた男の肌だ。

桐嶋はため息をつき、瀬ノ尾の額を指で弾いた。ごろりと背中から倒れる。

「だから馬鹿だって言うんだ」

不機嫌な顔。瀬ノ尾を案じている顔。

瀬ノ尾に向けられる桐嶋のまなざしを見返して、瀬ノ尾は泣くのをこらえる。泣いてもしようがない。泣いてどうにかなるなら、涙が涸れるまで泣くのに。

「そうだな。ほんと、馬鹿だと思う」

寝転がって笑った瀬ノ尾を、桐嶋が抱き締めた。

「必ず後悔する」

耳元で囁《ささや》かれた言葉は自嘲《じちょう》めいて聞こえて、鼻の奥がつんとなる。

「……わかってる」

瀬ノ尾も桐嶋も後悔するだろう。それでもいい、と思うのは瀬ノ尾の我儘《わがまま》だ。

けれど、たった一度でも思い出があれば、この先笑って生きていけそうなのも事実だった。

「ごめんな。怪我してるのに」

「おまえは、俺の心配をするより自分の身の心配をしろ」

桐嶋はそう言うと、瀬ノ尾の首筋に唇を押し当てた。

桐嶋の唇が触れる。それだけでどうにかなりそうだった。心臓が痛いほど高鳴り、浅ましいことに激しい欲望も突き上げてきて、瀬ノ尾は両手で桐嶋を押し返した。

「俺が、したい」

身を起こし、桐嶋のスラックスの前を開く。下着越しにも桐嶋のものが少し頭をもたげているのがわかって、胸が熱くなった。

震える手で下着を下ろし、直接触れる。瀬ノ尾の手の中で質量を増す桐嶋に、昂る感情のまま口づけた。

舌先で先端から根元まで丹念に愛撫《あいぶ》し、口中に迎える。含みきれないほどになった屹立《きつりつ》を唇で育てながら、喉まで使う。足りない部分は指で扱《しご》いた。

「……ん」

気持ちよくなってほしい。その一心で技巧を尽くす。懸命に口淫《こういん》する瀬ノ尾の襟足を、桐嶋がさらりと撫でた。

「あ」

それだけで背筋に電流が走る。ぶるっと震えた瀬ノ尾の背骨を指で辿《たど》りながら、桐嶋は、敏感だなと言った。

羞恥と興奮で理性が飛んだ。

これまで欲深ではないと、むしろ淡白なほうだと思っていたのは間違いだった。なにも考えられずに夢中でしゃぶりついた。

「ん……ぅん」

「そんなにしたら、もたないぞ」

普段より掠れた声になる桐嶋に、瀬ノ尾も我慢がきかなかった。

「いい。口に出して」

自身のものに手をやり慰めながら、桐嶋の最後を促《うなが》す。だが、口中には出されなかった。頭を引き剝《は》がされ、瀬ノ尾はふたたびベッドの上に仰臥《ぎょうが》した。

「……桐嶋」

あと少しだったのにと抗議を込めて名前を呼ぶと、桐嶋が瀬ノ尾の性器に触れた。

「もう、こんなになったのか」

指で挟んで軽く擦られる。たまらない快感がそこから全身に広がる。

「あ、あ……駄目だっ」

桐嶋の手。桐嶋がいま自分に触れている。実感すれば、どうにかなりそうだった。

「これだけで駄目？」

「駄目、いく」

我慢できない。せめてもと顔を隠そうとしたのだが、間に合わなかった。

瀬ノ尾は身を硬くし、同時に桐嶋の手を濡らしていた。

あまりに簡単に達してしまい、恥ずかしさで戸惑う。

「そういう顔をするんだな」

桐嶋がそんなことを言うから、なおさらだ。

無意識のうちに身を捩り、逃げを打つ。実際は、ほとんど動けなかった。桐嶋が瀬ノ尾の膝に手をのせ、大きく割った。

「……桐嶋っ」

桐嶋の視線が、濡れた性器からその奥へと辿っていくのがわかった。瀬ノ尾は震えたが、脚を閉じることもできなかった。

「桐嶋……萎《な》えない？　厭じゃないか」

もし無理だと言われてしまったら。一番の不安は、桐嶋に途中でやめられることだ。

すがるように問えば、桐嶋が片頬だけで笑った。

「なら、見てればいい」

そう言われても、瀬ノ尾には無理だった。桐嶋が、瀬ノ尾の吐き出したもので濡れた指で後ろを撫でたからだ。

「あ、あぅ」

入り口に塗りつけられる。桐嶋の指だというだけで、瀬ノ尾には特別だ。達したばかりだというのに、あっという間に勃起《ぼっき》する。

「桐嶋……あぁ」

身悶《みもだ》えする瀬ノ尾の脚を、膝が胸につくほど持ち上げた。ベッドから尻《しり》が浮き、あまりの格好に瀬ノ尾は喉を鳴らした。

「な……に」

「じっとしてろ」

「……ひぁ」

一瞬、なにをされたのかわからなかった。入り口をぴちゃりと音を立てて舐《な》められ、肌がざっと粟立《あわだ》った。

「そ、な……や、そんな、こと」

全身の産毛が総毛立つ感触。身の内の熱が汗となって浮き上がる。

「桐……いやだ……あぁぁ」

滴《したた》るほどに濡らされる。浅い場所を舌先で辿られ、こね回されて、そこから蕩《とろ》けるほどの愉悦が湧き上がる。

「あ、あ……いい」

羞恥心はすでに消えた。理性は初めからなかった。あるのは快感と、それを与えてくれるのが桐嶋だということ。

あとはなにも考えられない。

桐嶋が欲しくて入り口が痙攣《けいれん》し、中がうねる。

「挿《い》れ……てほしい。早く」

懇願すると、指が挿入される。内壁を擦られ抽挿《ちゅうそう》されて、堪《こら》えきれずに腰をくねらせた。

「早く……でないと、いく。も、いく」

「このままがいいか」

「このままが、いい」

浅ましいと知りながら、さらに脚を開く。前から抱き合いたかった。桐嶋の顔が見られるように。肌を合わせられるように。

指が抜かれた。反射的に引き止める動きをした瀬ノ尾に、桐嶋が艶《つや》を帯びた双眸を細くした。

「まだ締めるな」

桐嶋の屹立が押し当てられる。気持ちが急《せ》いて、瀬ノ尾は鼻を鳴らす。

「焦らなくても、欲しいだけ味わわせてやる」

「あ――」

熱が、瀬ノ尾をいっぱいまで押し開き、抉《えぐ》ってくる。ぐちゅっと音がするほどに濡れていたというのに、圧迫感に瀬ノ尾は仰《の》け反《ぞ》った。

「あぅ……っく」

「締めるなって言っただろう」

「あ、ん、桐嶋……桐嶋っ」

我を忘れて、両手を伸ばす。桐嶋の背中にしがみつき、爪を立てる。

「つらいか」

問われて、かぶりを振った。つらいはずがない。桐嶋の与えるものならすべて快感だった。進んでは、止め、時間をかけて瀬ノ尾の中を埋めていく。瀬ノ尾は胸を大きく喘《あえ》がせながら、何度も桐嶋の名を呼んだ。

「――瀬ノ尾」

「うん……」

「目を開けろ」

言われて、目を開ける。至近距離で視線が絡み合った。

「……挿《はい》ってる、いっぱい」

熱く脈打つ桐嶋を感じて手を腹にやる。桐嶋の脈動が手のひらに伝わってくるようだった。

「苦しいくせに、萎えないんだな」

桐嶋が瀬ノ尾の性器に目を落とす。

「ん、萎えない。気持ちいい」

これほど桐嶋を感じているのに、萎えるはずがない。

「……硬い、桐嶋……大きい」

何度想像しただろうか。自分を抱く桐嶋を。

絶対にありえないことだと思っていたし、罪の意識さえ抱いていた。でも、夢にまで見た桐嶋のものが自分の中にいる。実感すれば、すぐにでも達してしまいそうだった。

「なに言ってるんだ」

「だ……って、すごい」

嬉しい、と口中で呟《つぶや》く。泣き出しそうなくらい嬉しかった。

「確かにすごいな」

繋がったところを指で辿られ、瀬ノ尾はびくりと跳ねた。

「こっちも、触ってないのに尖《とが》ってる」

乳首を指で弾かれて、息をのむ。どこもかしこも敏感になって、痛いほどだ。

「見る……なよ」

瀬ノ尾は責めたが、桐嶋はやめなかった。

「見ておく。全部」

「――桐嶋」

桐嶋がどういう意味で言ったのかわからない。でも、どういう意味でもよかった。

好きだという気持ちがあふれる。切なさで胸の奥が疼く。

自分を見て、少しでも長く憶えておいてくれたらいい。そう願って頷いた。

「うん……見ておいて」

瀬ノ尾も忘れない。桐嶋の熱さ、硬さ。肌の感触、匂い。どんな目で瀬ノ尾を見たのか。すべてを憶えておく。

「瀬ノ尾」

桐嶋は瀬ノ尾を抱き締め、反応を窺いながらゆっくりと揺すり始める。

「あ、あ……」

最初から、自分でも躊躇するほど感じていた。緩やかに擦られる内壁が、先端で突かれる奥がたまらなく気持ちよくて、身をくねらせる。

桐嶋の熱だけに意識がいく。

「あ、あぁ、いい、すごい……」

唇から頬に舌が這う。耳元に熱い呼吸が触れ、ぞわぞわと背筋が痺《しび》れた。

揺すられながら、桐嶋の硬い腹で性器を擦られて我慢がきくはずがなかった。

「厭だ……いく」

「瀬ノ尾――」

「厭……まだ、厭だぁ」

ぐっと奥を突き上げられ、堪えきれずに達してしまう。快感が電流のように爪先《つまさき》まで駆け抜け、瀬ノ尾は体内の桐嶋を痙攣しながら締めつけた。

桐嶋が小さく呻《うめ》き、瀬ノ尾の唇に歯を立てる。それにすら感じて、嬌声《きょうせい》を上げた。

「締めるから、中で」

身を引こうとした桐嶋の背を両手で引き止める。

これまでよりも中が潤んでいるのは、桐嶋の先走りのせい。いまの言葉で知り、いったばかりだというのに新たな快感が芽生える。しかも一度目よりは深く濃厚な愉悦だ。

「まだ、離れたくない」

瀬ノ尾が懇願すると、桐嶋は苦笑した。

「離れようにも、こっちが離してくれそうにない」

そう言って、中で軽く動かす。潤みきった場所は、淫猥《いんわい》な音を立てた。

「あ、桐嶋……」

背中が、ふいにベッドから浮き上がる。桐嶋の大腿《だいたい》に跨《また》がる体位に躊躇する間もなく、抽挿が再開された。

「あ、いい……気持ちいい……」

快感を隠さず奔放に声を上げる。いい場所に桐嶋を導き、瀬ノ尾は夢中で身体を揺らした。なにも考えられなかった。体内ばかりか頭の中まで桐嶋に支配されて、とろりと蕩《とろ》ける。

絶頂は早かった。あっという間に達した瀬ノ尾は内壁を痙攣させ、桐嶋を締めつけた。

「桐……ぅん……待っ」

「無理だ」

「あぁぁ」

桐嶋の背にしがみつく。桐嶋は瀬ノ尾をきつく抱き込み、隙間なく肌を密着させてくれた。

「やぁ……」

そうして、声を嗄《か》らして閉じられなくなった瀬ノ尾の唇に舌を這わせながら、まるで貪《むさぼ》るように強引に体内を抉ってくる。

「あぅ……あ、や……また、またいく。あぁ」

高い場所に押し上げられたまま、幾度となく絶頂を味わわされる。そのたびに瀬ノ尾は乱れ、悦びの声を上げた。

「――出るぞ」

耳元で低く囁かれて、背筋が痺れる。

「中が、いい……中に、出して」

瀬ノ尾の願いは叶えられた。桐嶋の最後を奥深くで受け止める。性感帯に飛沫《ひまつ》を叩きつけられて、瀬ノ尾は何度目かの絶頂を味わった。

「桐嶋――」

ありったけの気持ちを込めて呼んだ声は、悲鳴に近かった。うわ言のように桐嶋の名をくり返す瀬ノ尾を、答える代わりに桐嶋は強く抱き締めてくれた。

夢のような時間ほど、きっと過ぎるのは早い。

瀬ノ尾を見つめ、髪を撫で、桐嶋が身を退《ひ》く。引き止めたい衝動を瀬ノ尾は懸命に耐えた。

これ以上望むのは間違っている。

すべては瀬ノ尾が望んだことだ。

「血が、滲んでる」

触れるのはこれで最後。瀬ノ尾は心に誓って桐嶋の右手をとり、傷口にキスをした。

「俺、高校のとき、桐嶋にキスしたことがあるんだ」

瀬ノ尾の告白に、サイドボードの上の煙草に手を伸ばしながら、桐嶋は「ああ」と答えた。

「――やっぱり気づいてたんだ」

気づいていて、ずっと黙っていてくれたのは桐嶋の思いやりだ。いまならよくわかる。

「あのとき、振ってくれていたら、俺はこれほど引きずらなくてすんだかもしれないのに」

茶化した口調で責めたが、ただの言いがかりだと自分で一番わかっている。あのとき桐嶋が瀬ノ尾を振っても振らなくても、たぶん結果は同じだったろう。

桐嶋以上に好きになれる男にはめぐり合えない。

「そうだな。そうすべきだった」

「本当だよ」

こみ上げてくるものをぐっと堪える。同時に、好きだという言葉も飲み下した。好きだといまさら口にしても、桐嶋を困らせるだけだ。

「帰る」

先にベッドから離れる。まだ体内に桐嶋の熱が残っているようだというのに、床に触れた足の裏はひんやりと冷たかった。

「送っていこうか」

脱ぎ散らかした衣服を身につけていると、ベッドの上から桐嶋が問う。そんなつもりはないくせに、と笑って、瀬ノ尾はかぶりを振った。

「ひとりで帰れるって」

身支度を整え終え、ドアに足を向ける。それじゃあと、いつもと同じ別れの挨拶《あいさつ》を口にした。桐嶋も普段と変わらず軽く右手を上げる。

なにも変わらない。ここが寝室であるということ以外は。

でも、瀬ノ尾の身はちがう。

はっきりと桐嶋の感触が刻まれている。

「――ありがとう」

最後にそう言って、ドアを閉めた。

マンションを出て、通りに向かって歩く。夜明け前の街は静かで、いまだ敏感なままの肌にしっとりと纏《まと》わりつく夜気に、瀬ノ尾は自分がひとりになったことを実感していた。

もう泣き言は言うまい。強くならなければ。

どれほど父や嵯峨野に誹《そし》られようと、瀬ノ尾はいまの立場を貫く。中途半端だろうと、誰にも頼らず自分の足で立って、許されるだけ桐嶋の傍にいるのだ。

ほどなく通りに出る頃になって、瀬ノ尾の前で電柱に凭《もた》れていた影が動いた。現れたのは允也だった。

「嵯峨野に見張れって言われたのか。こんな時間まで、大変だな」

皮肉ではなく問えば、允也は苦渋の表情を見せる。ずきりと胸の奥が痛んだが、これ以上話すことはないので允也の傍を通り過ぎようとした。が、そうする前に允也にさえぎられる。

瀬ノ尾は、腕を摑んできた手を反射的に振り払っていた。

「……聡明」

「見張ってなくても、俺にはなにか仕出かすような度胸はないって。嵯峨野にそう伝えておいて」

「聡明、俺の話を聞いて」

必死の形相でなおも迫ってくる允也に、瀬ノ尾は後退りした。踵《かかと》がなにかに引っかかってよろけ、尻餅《しりもち》をつきそうになったが、直前で身体が止まった。

「なにをしている」

桐嶋だった。どうして出てきたのか、シャツを引っかけただけの桐嶋は瀬ノ尾を脇に追いやると、允也の正面に立った。

「……あんたには関係ない」

允也は、ぎらぎらした双眸で桐嶋を射抜く。睨み合うふたりを前にして瀬ノ尾は一歩前に出たが、桐嶋が片腕で制止したのでそこから動けなかった。

「確かに、おまえがなにを考えていようと俺には関係ない。だが、俺の家を見張られるのは気分が悪い」

「あんたを見張ってたわけじゃない」

桐嶋の厳しい非難に、允也が即答する。

「だったら瀬ノ尾に用があるのか？　もう恋人じゃないんだろう？　いや、最初からちがったんだったか」

桐嶋は挑発的な言い方をする。桐嶋が允也にこんな態度をとるのは初めてだ。

「そうじゃないっ。最初は、頭《かしら》に言われたからだったけど……俺は、聡明のことを」

「本気になったって？」

侮蔑《ぶべつ》を隠さず、鼻であしらう。允也を見る目つきも、ぞっとするほど冷酷だ。

「だったらなんだ。ようするに、与えられた仕事も満足にできなかったってことだろう？」

允也は、音がするほど強く歯噛みをした。

「あ……あんたはどうだっていうんだ。友だち面で傍にいて、このひとを苦しめてるだけじゃねえかっ」

叫ぶと同時に、允也が桐嶋に飛びかかる。振り上げた允也のこぶしを桐嶋は手のひらで受け止め、腕ごと後ろ手に捻った。

「うぁ……」

痛みに允也は呻く。

止めに入ろうとした瀬ノ尾だが、桐嶋の次の言葉を聞いてそうしなかった。桐嶋は、街灯に浮かび上がった允也の二の腕を険しい顔で見下ろした。

「この傷は、どうした」

瀬ノ尾も確認する。允也の両手、腕には浅い傷がいくつもあった。ちょうどナイフが掠ったような傷だ。

「こ……れは、なんでもない」

允也は慌てて隠そうとしたが、瀬ノ尾にもわかってしまった。

「允也、おまえ……桐嶋を」

「…………」

返事がない。返事ができないということだ。

「なぜ！」

信じられない。允也が桐嶋を襲うなんて。

頭に血が上って、允也に詰め寄った。

「それも嵯峨野に命じられたっていうんじゃないだろうな！」

嵯峨野が命じるわけがないと知っていて問う。嵯峨野は無駄なことはしない。嵯峨野には桐嶋を襲う理由がないし、万が一桐嶋が邪魔になったとしても確実に葬るだろう。

允也は唇が赤くなるほど歯を立てる。が、かっと両眼を剝《む》くと、血走った目で桐嶋を睨《ね》めつけた。

「おまえさえいなかったら……っ。おまえがいるから、聡明はずっと苦しまなきゃならない」

その台詞で、允也が瀬ノ尾のために桐嶋を襲ったと知る。

瀬ノ尾のせいだ。

愕然となる瀬ノ尾の隣で、はっと桐嶋は短い笑いをこぼした。

「瀬ノ尾のためだって？　いいかげんにしろ。おまえ自身の嫉妬《しっと》のせいだろう」

「ちがう……っ。俺は、聡明が苦しむ姿を見たくなくて」

「瀬ノ尾のためだというなら、どうして嵯峨野さんの言いなりになった」

「……それはっ」

ぐっと、允也が言葉に詰まる。

額には玉の汗が浮き、興奮のためか肩で大きく息をつく。

「そこまで瀬ノ尾を想っているっていうなら、なぜ瀬ノ尾を連れて逃げなかった。チャンスはあったはずだ。それができなくて、瀬ノ尾のためだなんて言うんじゃない」

低く恫喝する桐嶋の声音もまた、怒りに満ちている。荒らげはしないが、氷のように冷ややかだ。

「逃げるなんて、できる……わけがない。頭には、拾ってもらった恩がある」

「だったら半端に情をかけるな。瀬ノ尾に愛してると言ったんだろう？　それとも、それすら嵯峨野さんの指示とでもいうつもりか。ちがうよな。おまえが自分の分をわきまえなかっただけだ」

「……っ」

「瀬ノ尾を想うなら、身を引け」

允也の顔が真っ赤に染まる。あっという間にどす黒くなる。とても見ていられず、瀬ノ尾は「もういい」と允也を止めた。允也のことはショックだった。だが、恨んでいるわけではない。

瀬ノ尾も同罪だ。桐嶋への想いを允也でごまかしていたのだから。

「ごめん、桐嶋」

まさか允也が桐嶋を襲うとは思わず、桐嶋に謝罪をすると、允也が頬を痙攣させながら右手を後ろへ回した。

「……だったら、あんたはどうだっていうんだ。聡明の気持ちに気づいていたくせに、聡明のために何年も気づかないふりをしてきたって？　分をわきまえて？」

「ちがう」

桐嶋は、きっぱりと否定した。

「瀬ノ尾のためじゃない。俺のためだ」

どういう意味なのか。

桐嶋が瀬ノ尾の気持ちを無視してきたのは、瀬ノ尾のため。桐嶋自身のためではない。

「瀬ノ尾の傍にいてやりたかった。それは、俺の身勝手な感情だ」

「……桐嶋」

なにか言わなければいけない気がして口を開くが、言葉が出てこない。

桐嶋を見つめる瀬ノ尾の肩に、力強い手がのった。

「瀬ノ尾、送ろう」

これ以上つき合うつもりはないと態度で示し、桐嶋は允也に背を向ける。その横顔を窺う瀬ノ尾の視界の隅で、きらりとなにかが光った。

允也の右手は前に戻っている。光ったのは、允也の手が街灯に反射したせいだ。

手の中のものに瀬ノ尾は目を凝《こ》らした。

「あんたなんか……っ」

突然咆哮《ほうこう》を上げたかと思うと、允也が飛びかかってきた。

桐嶋が瀬ノ尾を突き飛ばす。歩道の敷石に倒れた瀬ノ尾は、ナイフが桐嶋に襲いかかる光景を目《ま》の当たりにした。

頭の中が真っ白になる。反射的に身体が動いていた。立ち上がった瀬ノ尾は、ふたりの間に割って入った。

「………」

脇腹《わきばら》に熱痛を感じた。熱は皮膚から体内にまで入ってくる。

「瀬ノ尾！」

桐嶋が叫ぶ。桐嶋の顔を見て自身の手を脇にやると、ナイフが突き刺さっていた。ぬるりとした感触は血のようだ。

血はあっという間に瀬ノ尾のシャツを濡らしていく。

「うぁ……聡……わあっ」

錯乱した允也が、意味不明の言葉を吐きながら道路に倒れこんだ。

瀬ノ尾も眩暈《めまい》に襲われたが、桐嶋の両腕が支えてくれた。

「抜くな。そのままにしてろ！」

刺さったナイフを抜こうとすると、桐嶋が怒鳴った。これほど取り乱した桐嶋は見たことがない。瀬ノ尾を抱きとめ、名前を何度も呼ぶ。

「電話をしろ。早く救急車を呼ぶんだ！」

允也に命じるが、允也が動かないと知ると桐嶋が自身のポケットから携帯電話を出して電話をかける。その間も瀬ノ尾をきつく抱いて離さない。

「大丈夫だ。すぐに病院に連れていってやる。たいした傷じゃない」

くり返し励ましてくれる桐嶋に、瀬ノ尾は頷いた。

眩暈はひどくなる。頭もぼんやりとしてくる。脇腹の熱だけははっきりしていて、焼けた火箸《ひばし》でも突っ込まれたようだった。

「聡明……」

允也が手を伸ばしてきた。触れる前に桐嶋が威嚇した。

「触るな！　いますぐここから消えろ。でないと俺がおまえを殺してやる」

怒りをあらわにする桐嶋を間近で見つめる。こんな状況でありながら少しもつらいとは思わない自分を、なんて現金なのだろうと笑う。

「――なにを笑ってる」

桐嶋に見咎《みとが》められて、瀬ノ尾は笑みを深くした。

「うん。得したなって思って」

「なにを馬鹿なことを言ってるんだ」

桐嶋は窘《たしな》めるが、本心だった。桐嶋のこれほど慌《あわ》てる姿を見られた。瀬ノ尾を案じて、慌てているのだ。

「俺、馬鹿だから」

「――瀬ノ尾」

桐嶋の眉間の皺はいちだんと深い。不機嫌な顔が嫌いじゃないのは、桐嶋の情をいつも感じられたからだ。

「俺……俺は、桐嶋に連れて逃げてほしかった」

桐嶋が允也に言った言葉だ。もし允也が逃げようと言ってくれたとしても、おそらく瀬ノ尾は断っただろう。桐嶋がいない場所になんて行きたくない。行けるはずがなかった。

「――こんなときに」

「こんなときだから、言うんだって」

まるでこの世でふたりきりになったみたいだ。錯覚だとわかっていても、瀬ノ尾の心は満たされ凪《な》いでいる。

このままずっと、助けなんて来なければいいとすら思う。

「俺、死ぬときは、いまみたいに……桐嶋の腕の中がいい。桐嶋の腕の中で死ねるなら、嬉しいよ」

瀬ノ尾、と桐嶋は止めるが、もしかしたら二度と言えなくなるかもしれないので、全部伝えておきたかった。

「俺さ、次に生まれ変わるときは……瀬ノ尾の家には生まれない。瀬ノ尾聡明なんかには、絶対に生まれないよ」

途切れ途切れに告げる。息が上がって、声を出すのも難しい。

「わかったから、もう喋るな」

桐嶋の声もなぜか掠れている。瀬ノ尾の頬に、熱い雫《しずく》がぽつりと落ちた。この雫はなんだろうか。

確かめたかったが、意識があるうちに気持ちを伝えなければならない。

「女が、いいな。できれば美人……美人の女に、生まれて、桐嶋に……迫るの。女だったら、おまえも、好きになってくれる、かもしれないし」

「喋るなと言ってるだろう」

「……でさ、俺を連れて、逃げてもらうんだ。誰も、いない、ところに……」

目が霞《かす》む。桐嶋の声も聞き取りづらくなり、意識が混濁してきた。

「俺……」

「なら、おまえが俺を連れて逃げろ」

肩を抱く桐嶋の腕の力が強くなった。瀬ノ尾は、遠退《とおの》きかけていた意識を手繰り寄せた。

「桐嶋……なに……もう、一回」

「全部捨てて、俺を連れて逃げればいいと言ったんだ」

「あ……」

その手があったかと、瀬ノ尾は初めて気づく。桐嶋が拒絶しようと、一服盛って縛ってでも連れて逃げればよかった。そうして誰もいない場所で桐嶋を囲うのだ。

「でも、行きつく先は、きっと地獄だな」

桐嶋がなにか言ったが、もう聞こえなかった。サイレンの音が微かに聞こえ、瀬ノ尾の意識はそこで途切れた。

7

――桐嶋はすごいな。

屋上で、眠っている桐嶋の横でぽつりとこぼした。大人びているのは風貌《ふうぼう》だけでなく、内面が出ているからだとその寝顔を見つめる。

――自分の力だけで生きてる。そのうち自分の店とか持つんだろうな。で、俺は店に行って、相変わらず愚痴をこぼすんだ。なんて、大人になってまで俺につき合うんじゃ、桐嶋が可哀相か。

疲れているのだろう、熟睡する桐嶋はぴくりとも動かない。精悍《せいかん》な顔立ちを視線でなぞっているうち、どうしようもなく触れたくなる。

風になびく前髪に、指先で触ってみた。それから、額。

寝入っている桐嶋に、ついふらふらと瀬ノ尾は身を屈《かが》め、そっと唇を重ねていた。

ほんの一瞬。

体温さえわからなかった。誰も見ていないのに頬が熱くなり、そんな自分が厭で切なくなる。

たぶん、桐嶋に恋をしているのだ。

誰よりも桐嶋が好きだと自覚した瞬間だった。


「――尾」

呼ばれて、瞼を持ち上げる。瀬ノ尾を覗《のぞ》き込む顔に、既視感を覚え、睫毛を瞬《しばた》かせた。

「桐嶋？」

名前を口にすると、精悍な面差しから愁《しゅうしょく》色が消える。桐嶋は安堵《あんど》の吐息をこぼし、額を押さえた。

「俺、助かったんだ？」

てっきり死んだものだと思った。だから、幸せな気分なんだろうと。

「当たり前だ。死なせてたまるか」

病室には他に誰もいない。桐嶋とふたりきりだ。

「俺さ、夢を見てた。昔の夢。俺が桐嶋にキスして、好きだなって思ったら、桐嶋が目を開けるんだ。で、俺にキスしてくれるの。実際は、そんなことなかったのに」

ふふと笑う。麻酔がまだ効いているのか、痛みはさほど感じなかった。

むしろいまだ夢心地だ。

「允也は、どうしてる？」

「いなくなった。おまえは、通り魔にやられたことになっている」

「桐嶋がそう言ってくれたんだ？　ありがとう」

允也を責める気にはなれない。允也をあそこまで追い詰めたのは瀬ノ尾だ。嵯峨野に命じられて瀬ノ尾に近づいた允也が、途中からは本気で瀬ノ尾を想ってくれたというあの言葉もきっと嘘ではない。

「俺は、犯人を見ていないと答えただけだ」

桐嶋もそう思ったから、允也を庇《かば》ってくれたのだろう。

「夢の続きを話しても？」

「なんだ。続きがあるのか」

頷いて、さっきまで見ていた夢を頭の中で再現する。桐嶋がキスして、瀬ノ尾にこう言うのだ。

「一緒に遠くへ行こう——桐嶋が俺に言ったんだ。俺が『行く』って答えて、それからすぐに手に手をとって逃げた。海の見える街だった。桐嶋と海を見ながら、俺、幸せだなあなんて思って」

そうか、と桐嶋が頷く。

馬鹿にしない桐嶋に、瀬ノ尾の胸は切なく疼く。

「もう十歳、いや、せめて五歳若ければ、桐嶋の首に縄つけてでも実行したのにな」

そうだ。拉致《らち》してでも連れていく。もう、引き返せないところまで。

でも、夢を現実にするには少し遅すぎた。

夢は夢で終わった。

こめかみに、ぽろりと雫が伝う。最初はなにが起きたのか自分でもわからなかった。

涙だと気づき、驚いて慌てて指で拭って顔を隠した。

「うわ、なにやってんだ。格好わる。夢見て泣くなんて」

しかもこのうえなく幸せな夢だったというのに。

たぶん、幸せすぎて泣けたのだ。

「ばっかみたい」

笑い飛ばそうとした瀬ノ尾の手を、桐嶋が摑む。これでは顔が隠せない。

顔を背《そむ》けた瀬ノ尾の視界の隅で、桐嶋が双眸を細くした。

「そのほうがいい」

ひどく優しい表情に、瀬ノ尾は隠したかったことも忘れて桐嶋に向き直る。なにがいいというのか。

「泣くときは、涙を流せ。格好悪くなんてないから」

「――――」

どういう意味かと視線で問いかけるが、桐嶋は答えてくれない。瀬ノ尾の泣き顔を、愉《たの》しげに見下ろすばかりだ。

「なんだよ。変なの」

瀬ノ尾は洟《はな》をすすって、桐嶋を睨みつけた。

「そんな油断してたら、また寝込みを襲ってやる」

半ば自棄《やけ》ぎみに脅せば、ぎしりと音をさせて桐嶋がパイプ椅子から立ち上がる。開き直って濡れた瞳で桐嶋を見上げると、瀬ノ尾の顔の横に桐嶋の手が置かれた。

「――桐嶋？」

上から覗き込まれて、躊躇する。

桐嶋がひどく穏やかなまなざしを向けてくる。

「襲われる前に、襲っておくか」

焦がれてやまなかった唇がそう告げてから、近づいた。焦点が合わなくなって、桐嶋の顔がぼやけた。

体温が触れる。

キスだ。

桐嶋からのキス。

夢が現実になった嬉しさに、瀬ノ尾はまた涙を流していた。

epilogue

事務室のドアを開けると、マネージャーの河野が出迎えてくれる。事前に訪問時刻を伝えておいたので、待っていてくれたのだ。

「お疲れ様です」

声をかけられて、田宮《たみや》は目礼した。

「河野さんこそ、ご面倒おかけします」

ソファに腰かけると早速九店舗の経営状況をまとめた分厚いファイルを手渡され、簡単な説明を受ける。数が数だけに一朝一夕《いっちょういっせき》というわけにはいかないだろう。

「そういえば、見習いの子が格上げになったんですよね」

ファイルをぱらぱらとめくりながら問えば、河野がええと肯定した。

「加治くんが、今日から本格的にフロアデビューになります。まあ、当分はヘルプですが、本人はナンバーワンになると豪語してますよ」

「そうですか。それは頼もしいですね」

加治はなかなか見込みがあるようだ。河野は、どうでしょうと曖昧《あいまい》に答えながらもその表情から期待が見てとれた。

「じつは、河野さんにお願いがあるのですが」

田宮は姿勢を正すと、本題を切り出していく。

首を傾げた河野も大事な話だと察したのか、居住まいを正した。

「河野さんに店をお任せしたいと思ってます。もちろん私も微力ながら協力しますが、なにぶん素人ですし自分の会社もある。せめてこの『mariposa』だけでも、経営権をあなたに譲渡したい。きっと桐嶋もそれを望んでいると思います」

「――しかし」

河野は渋い顔になる。桐嶋が河野を信頼していたように、河野にとって桐嶋は心強いオーナーだった。

急な出来事で困惑しているのは、田宮も承知していた。

「オーナーは、どこに行かれたのでしょう。いつ戻っていらっしゃるんですか」

真摯《しんし》な問いかけに、田宮は一度睫毛を伏せた。

田宮も答えを持たない。どこにいるのか、いつ戻ってくるのか。東吾はおそらく誰にも教えないつもりだ。

田宮にすら、電話一本ないのだから。

「私にもわかりません。どこに行ったのか。いつ頃戻ってくるのか――戻ってくる気があるのかも」

そんなと、河野が表情を曇らせた。

「……戻って、きますよね」

不安げに念を押されても、わからないとしか返事のしようがなかった。

「すみませんが、いまの話、考えてください」

「…………」

ショックで顔を強張《こわば》らせる河野に謝罪して、田宮はずしりと重いファイルを手にして立ち上がる。

「お願いします」

最後に頭を下げて、事務室をあとにした。

裏口までの通路を歩きながら、まったくとこぼす。後先顧みない衝動的とも思える行動は、東吾らしくない。

周囲にどれだけの迷惑をかけるのか、考えなかったはずはないのに。

考えたうえで、それでもと決行したのだろうが、残された者の困惑は並ではないのだ。店のスタッフたちはもとより、取引先関係も混乱している。

突然のオーナー不在にいったいなにが起こったのかと、いま頃いろんな憶測が飛び交っているにちがいない。

裏口から外に出た田宮はため息をつき、車に歩み寄った。後部座席にファイルを置くと、助手席へと回り込む。

「なんて言ってた？　マネージャーさん」

伊佐はエンジンをかけながら、もう一方の手で頭に上げていたサングラスを鼻にのせる。

その横顔に田宮はかぶりを振る。

「困っていた」

「そりゃそうだ」

「どこに行ったのか、いつ戻るのかって聞かれてこっちもどう答えていいかわからなくて」

噴き出す伊佐に、笑い事ではないと言ったが、伊佐はそう深刻にはとらえていないようだ。

アクセルを踏み、ひょいと軽く肩をすくめる。

「あの男は戻ってこないよ。戻る気がないから、消えたんだろ」

「…………」

馬鹿なことを、とは反論できなかった。田宮も口にしなかっただけで、薄々感じていたことだ。

伊佐の言うとおりなのだろう。東吾は、戻る気がないから周囲に黙って消えたのだ。

何度目かになるため息をつき、田宮はウインドーの外へと目をやる。

秋の青空は高く、鰯雲《いわしぐも》が流れていく。

ふたりが消えてすでに二週間。

マンションの部屋もそのままだった。これまで世話をしてきたぶんを返せとでもいうつもりか、田宮にすべての処理を押しつけていなくなった。

けれど、自分たち以上に驚いているのはたぶん瀬ノ尾の人間だ。

入院して十日、まだ退院日時の相談すらしていなかったらしいのに、突然、瀬ノ尾の坊が病室から泡みたいに消えてしまったのだから。

騒ぎにならないように病院側には自宅療養と言い訳したと聞くが、いま頃きっと必死で行方を捜しているだろう。

ふたりは、西に行ったのか東に向かったのか、それすら定かではない。

「伊佐」

空を見上げたまま、伊佐に問う。

「東吾がなぜ、あれほどがむしゃらに働いて店を増やしていったか、わかるか」

ふたりを思えば、柄にもなく感傷的になる。

ふたりに安寧の地はあるのだろうか。あればいいと願う。

「さあ。なんで？」

「前に話してくれたことがある。高校生のとき友人に、東吾が店を持ったら、そこでずっと愚痴を聞いてほしいって言われたからららしい。東吾はたぶん、彼が愚痴をこぼせる場所を増やしてあげたかったんだろうな」

もうひとつ。これは想像でしかないが、もしかしたら力を欲したのかもしれない。瀬ノ尾組と対峙《たいじ》するには、店のひとつやふたつでは不足だ。

だが、無駄になってしまった。東吾は自分の持っているものをすべて捨てた。捨てても惜しくなかったということだ。

「本当に、なにをやっているんだか」

身体の中に風が吹いたような喪失感に、田宮は目を伏せた。

いいんじゃね？　とハンドルを切りながら伊佐はにっと唇を左右に引く。

「あんたの兄貴、俺は見直したけどな。むしろ格好いいだろ。三十で駆け落ちなんて、すっげえ純愛じゃん」

「――格好いい？」

「ああ、いかしてるな」

そうだな、と口では賛同してみせたものの、複雑な心境だった。でもそれは、田宮が弟だからだ。東吾のこの先を案じずにはいられない。

苦労するのではないか。後悔しないだろうか。幸せになれるのだろうか。

「大丈夫だって」

伊佐の言葉は揺るぎない。

「苦労しようが後悔しようが、自分で決めた道だ。あんたの兄貴はやり通すさ」

「――」

田宮は頷くしかなかった。

東吾の決めた道だ。弟であろうと田宮がとやかく言うことではない。

全部引き換えにしてでも手に入れたいものを手に入れることができた東吾を、弟として喜ぶべきだろう。

無事を祈りながら。

「伊佐」

「ん？」

「――家賃のことだが」

唐突に切り出せば、ハンドルの上の手がぴくりと動いた。家賃の件で揉めて随分たつが、いまだすっきりと解決していなかった。

「ちょっと待って」

伊佐がウインドーを薄く開いた。外の空気を入れると、頬を硬くする。それだけは譲れないと、その顔には強い意志が表れていて田宮は口許《くちもと》を綻《ほころ》ばせた。

なにを迷っていたのか。

結局は、できるだけ長く伊佐を繋ぎ止めたいがゆえに意地を張ってしまったようだ。

「おまえがいまの部屋を解約して、うちに来るというなら折半にしよう」

田宮の提案に、伊佐は弾かれたように田宮を見た。

「危ないじゃないか。前見て運転しろ」

「あ、ああ。わかってる。ちゃんと見てる」

顔は前に戻ったが、右手は田宮の手に重ねられた。

「そういうのでも、平気?」

この台詞で、伊佐がなにを恐れていたのかわかる。伊佐も田宮もひとりでいる年月が長すぎて、いまだにふたりという状況に馴染めないときがある。

一緒に住めば、ときどき会うのとはちがう。これからは互いの厭な部分も見なければならない。

喧嘩も増えるし、ときには後悔もするだろう。だが、恐れてばかりではなにも始まらない。

「自分で決めたこと。そうだろう?」

田宮がそう言うと、伊佐の手にぎゅっと力がこもる。その力強さを感じながら、田宮も握り返した。

あたたかな情と、ほんの少しの不安。そして切なさも。

ひとつではなく、いろんな感情がない交ぜになる。

きっとそれでいい。

東吾も、いま頃どこかでこんな気持ちを味わっているはずだ。

空に向かってほほ笑んだ田宮は、本人には伝えられなかった別れの言葉を胸の中でそっと呟いた。

あとがき

初めまして。こんにちは。

二〇〇七年もあっという間に半分以上過ぎてしまいました。きっとすぐに秋になり、冬になり、二〇〇七年ももう終わりだと言っているんでしょうね。毎年同じ台詞をくり返しているような気がしています。

さて本作は、去年発売された「天使の啼く夜」のスピンオフ的作品となっております。タイトルを天使で合わせたので、いうなれば「天使」シリーズというところですか。

スピンオフといっても、私の癖でまったく別物には仕上げられておりません。がっつり前作の内容を引っ張っております。

「天使の啼く夜」のその後を、視点を変えて書いたという感じですか。

兄ちゃん、桐嶋編は、前作の解決場面で登場してきたヤのつく職業の方と、桐嶋がどうやって繋がりを持ったか、どういうつき合いをしているか、という話なのですが、なんにしてもメロドラマにちがいありません。風味というより、ど真ん中です。

登場人物が出揃いましたし、次回は、復讐心を抱いた三人のうちの最後のひとり、志水に幸せな結末をつけてあげたいと思っています。

奈良先生には、今回もお世話になりました。現時点でカバーイラストとモノクロラフを拝見しているのですが、とても素敵で思わず頬が緩みました。完成品を拝見するのがとても楽しみです。

お忙しい中、ありがとうございました。

担当様も、調整等、いろいろとご面倒おかけしました。ほんと、すみません……。

そして、ルチル文庫さんでの次回作は、一部の方に熱望していただいておりました、熱き（暑苦しい？）メジャーリーガーのお話です。

まずは雑誌掲載の作品に、書き下ろしをプラスして発行していただけることになりました。その後スピンオフ作というか、じつは本編のほうもそう遠くない未来に文庫化していただける予定になっております。

最近はなかなかここまでべったり濃厚な甘い話を書いていないので、不安でありつつ楽しみですよ。

恥ずかしい台詞のオンパレードになっていますので覚悟しておいてくださいね。

ではでは、少しでも本作を楽しんでいただけることを、どきどきしつつ祈っております。

いつも読んでくださっている読者様に、心から感謝の気持ちを。

よい夏をお過ごしくださいまし。

高岡ミズミ

✦初出　天使の爪痕……………書き下ろし

高岡ミズミ先生、奈良千春先生へのお便り、本作品に関するご意見、ご感想などは
〒151-0051 東京都渋谷区千駄ヶ谷4-9-7
幻冬舎コミックス　ルチル文庫「天使の爪痕」係まで。

幻冬舎ルチル文庫

天使の爪痕

2007年7月20日　第1刷発行

✦著者	高岡ミズミ　たかおか みずみ
✦発行人	伊藤嘉彦
✦発行元	株式会社 幻冬舎コミックス 〒151-0051 東京都渋谷区千駄ヶ谷4-9-7 電話 03(5411)6431[編集]
✦発売元	株式会社 幻冬舎 〒151-0051 東京都渋谷区千駄ヶ谷4-9-7 電話 03(5411)6222[営業] 振替 00120-8-767643
✦印刷・製本所	中央精版印刷株式会社

✦検印廃止

万一、落丁乱丁のある場合は送料当社負担でお取替致します。幻冬舎宛にお送り下さい。
本書の一部あるいは全部を無断で複写複製することは、法律で認められた場合を除き、著作権の侵害となります。

定価はカバーに表示してあります。

©TAKAOKA MIZUMI, GENTOSHA COMICS 2007
ISBN978-4-344-81044-0　C0193　Printed in Japan

本作品はフィクションです。実在の人物・団体・事件などには関係ありません。

幻冬舎コミックスホームページ　http://www.gentosha-comics.net

「幻冬舎ルチル文庫」
大好評発売中

21歳の伊佐秀和は、女に追い出された日、田宮知則に拾われる。人材派遣会社を経営する田宮と同居するかわりに、行儀作法を叩き込まれる伊佐。目的を知らされず面白くない伊佐に、顔のよい男なら誰でもいいと田宮はそっけない。苛立つ伊佐は田宮を組み敷き身体を繋ぐ。やがて田宮の悲壮な決意を知り、伊佐は次第に田宮に惹かれていくが……。

発行●幻冬舎コミックス　発売●幻冬舎

「幻冬舎ルチル文庫」
大好評発売中

高岡ミズミ
『野蛮なロマンチスト』

ミニコミ誌の記者・倉橋多聞がカフェ「エスターテ」を取材中、現われた感じの悪い男はオーナーの兄・芦屋愁時。彼は、多聞が憧れているルポライターだった。再びエスターテを訪れた多聞は、愁時にからかわれるが、どうやら気に入られたようだ。以来、芦屋家に通い始めた多聞は、次第に愁時とも打ち解けてきたが、やがてふたりはお互いを意識し始め……!?

イラスト
蓮川 愛
560円(本体価格533円)

発行●幻冬舎コミックス　発売●幻冬舎

「幻冬舎ルチル文庫」
大好評発売中

「不機嫌なエゴイスト」

高岡ミズミ
イラスト
蓮川愛

予価560円(本体価格533円)

友成洸は19歳。小学生の頃からカフェ「エスターテ」の常連で芦屋三兄弟とも仲がよい。とくに、洸にサーフィンを教えてくれた次男・冬海には懐いていた。しかし、8年前、冬海の親友だった洸の兄・輝が海で事故死したことから冬海はサーフィンをやめてしまう。そのうえ兄の死を悔いているからか、洸とも目を合わせてくれない。そんな冬海に想いを寄せる洸だったが……。

発行●幻冬舎コミックス　発売●幻冬舎

「幻冬舎ルチル文庫」
大好評発売中

発行●幻冬舎コミックス　発売●幻冬舎

「幻冬舎ルチル文庫」
大好評発売中

発行●幻冬舎コミックス　発売●幻冬舎

「幻冬舎ルチル文庫」
大好評発売中

『夢の欠片をあつめて』
高岡ミズミ

イラスト
亀井高秀

600円（本体価格571円）

後継者争いに巻き込まれた瀬名瑞希は、ボディガードの浩臣・ランバートに恋するが、浩臣の心には双子の兄・和実がいると知り失恋。数ヵ月後、和実に会うためニューヨークへ渡った瑞希を癒してくれたのは、浩臣とともに守ってくれたレニー・ウィルソンだった。その瞳の優しさに、瑞希は次第に惹かれていくが、ある事件を調べていたレニーが拉致され……!?

発行●幻冬舎コミックス　発売●幻冬舎